불혹, 옛사람의 치맛자락을 부여잡다

도서출판담다

불혹, 옛사람의 치맛자락을 부여잡다

불혹, 옛사람의 치맛자락을 부여잡다

구비문학을 통해 삶을 회복한 한 여자의 이야기

김소울

도서출판담다

자기 안의 여성성을 깨워
섬세한 감성으로 씨실과 날실을 엮어 내듯
심미적 아름다움을 표현하면서
주체적으로 살아가면 좋겠다.

프롤로그

아홉 살 아이의 첫 완독, 〈삼국유사〉

"할머니, 옛날 이야기 또 해 주세요!"

할머니 품 안에서 펼쳐지던 옛날이야기는 기성세대에게 아련한 추억이자, 과거와 현재 그리고 미래를 이어 주는 상상의 세계다. 이처럼 옛사람들의 입에서 입으로 전해진 이야기인 구비문학(口碑文學)은 항상 우리 곁에서 함께해 왔다. 사람들은 어릴 적부터 토끼와 자라, 신기한 호리병, 여우누이 같은 이야기들을 자주 접한 덕분에 전래동화의 원본이 되는 우리나라 설화에 익숙할 것이다. 또한 구비문학 내의 민요, 서사무가, 판소리 등은 우리나라의 소중한 전승 문화가 되었고, 일부는 기록문학으로 발전해 오늘날 소설, 영화, 드라마 등의 이야기 소재로 자주 등장한다.

'옛날이야기'로 불리는 우리나라 구비문학은 나에게 특별한 의미가 있다. 내가 구비문학을 처음 만난 건 초등학교 때였다. 당시 이름 석 자 겨우 배워 초등학교에 들어갔던 나는 아홉 살이 되어서야 한글을 겨우 깨쳐 국어책을 더듬더듬 읽을 수 있었다. 이후 한글 공부와 국어책 읽기에 너무 시달린 탓인지, 또래에게 인기 있는 동화책을 읽는 일에 전혀 흥미가 생기지 않았다.

그런데 뜻밖의 일로 책 읽기에 물꼬를 트게 되었다. 여느 날처럼 친구들과 놀이터에서 신나게 놀고 있는데, 갑자기 헛헛한 마음이 밀려왔다. 형체가 불분명한 감정을 마주하는 것이 두려웠다. 집으로 돌아가 나만의 아지트인 옥상 계단으로 향했다. 부모님이 다투시는 것을 자주 목격한 이후에 종종 느끼던 감정이었다.

옥상에서 하늘을 보니 마음이 조금씩 진정되었다. 그러다가 옥상 계단 한구석을 차지하고 있는 책 꾸러미가 눈에 들어왔다. 사촌 오빠가 물려준 세계 명작 및 고전 전집이었는데, 곰팡이가 펴서 여기로 옮겨 둔 것 같았다. 호기심 어린 마음으로 꾸러미에서 책 하나를 꺼내 들었다. 그리고 초등학교 저학년이 있기에는 제법 두꺼웠던 그 책을 앉은 자리에서 단숨에 읽어 버렸다. 책 속의 세상은 신비로운 일과 마음을 울리는 존재로 가득했다. 곰과 호랑이가 사람이 되기 위해 쑥과 마늘을 먹었다는 이야기부터 사랑하는 사람을 위해 목숨을 바친 호랑이 처녀 이야기까지, 은유를 곁들인 환상적인 서사에서 눈을 뗄 수가 없었다. 그 책은 바로 〈삼국유사〉였다.

그 뒤로 도서관에 자주 드나들며 책 읽기의 기쁨으로 일과를 채워 나갔다. 그중에서도 우리나라의 옛이야기,

즉 구비문학에 관한 책을 가장 좋아했다. 옛사람들의 애환이 서려 있는 이야기에 몰입하다 보면 어느새 이야기 속 존재들 곁에서 함께 울고 함께 웃는 나를 발견했다. 또한 살아간 시간과 존재의 유무조차 불분명한 그들에게 막연한 애정이 싹트기 시작했다.

대학에서 국문학 및 역사학을 전공하면서 구비문학이 역사적·전통적·문화적으로 얼마나 가치 있는 것인지 깨닫게 되었다. 우리가 배우는 역사가 지배층 중심의 사실을 열거한 것이라면, 구비문학은 기층민들의 정제되지 않은 생각과 감정을 서사로 표현한 것이었다.

나는 우리나라 구비문학 강의 시간이 되면 언제나 맨 앞줄에 앉아 눈을 반짝였다. 대학 졸업 후에도 구비문학 관련 책과 자료를 수집하고, 정리해 두었던 구비문학 자료 파일을 종종 꺼내 보았다. 그때마다 떠오르는 생각을 글로 옮겼고, 때로는 인생의 터닝 포인트에 지혜와 용기를 주는 바이블로 삼았다. 내 인생에서 '구비문학'이라는 키워드는 가방에 달고 다니는 열쇠고리처럼 늘 함께했다.

서른 살에 결혼한 뒤 삶이 휘청거릴 만큼 크나큰 격랑

에 부닥쳤다.

　예민하고 까다로운 기질의 아이를 키우면서 부딪치는 엄마로서의 한계,
　아이를 중심으로 돌아가는 생활이 반복되는 데서 느끼는 '나'라는 존재의 상실감,
　가족들에게 이해와 공감을 받지 못하고, 홀로 감당하고 있는 것 같은 외로움.

　점점 지쳐 가는 마음은 산후 우울증으로 번졌다. 아이가 잠든 후 숨죽이며 눈물 흘릴 때가 많았고, 문득문득 찾아오는 이유 모를 불안과 두려움에 몸이 떨렸다. 또한 출산 후 급격하게 떨어진 체력으로 육아하다 보니 건강에도 적신호가 켜졌다. 결국 이석증, 갑상샘 기능 저하증 등 연이은 병치레 끝에 갑상샘암 및 자궁내막증 수술을 받았다.

　시간이 흐른 후 어느 정도 몸이 회복되었고, 마음의 상처도 무뎌졌다. 굳은살투성이가 된 내 모습을 되돌아보며, 절망의 수렁에 빠져 있던 일상을 건져 올렸다. 나를 회복시키기 위해 먼지 가득 쌓인 구비문학 관련 책과 자료 파일을 정독하고, 글도 쓰기 시작했다. 구비문학이

전하는 옛사람들의 생각과 마음이 더 강렬하게 느껴졌다. 어깨에는 노트북 가방을, 양손으로는 아이를 안고 뛰는 엄마가 된 까닭일까? 살아가는 것이 아닌, 살아내는 옛사람들의 애환이 더 가깝게 느껴지는 것 같았다.

옛사람들의 세상으로 넘어갈 때면 그들은 항상 환대해 주었다. 그리고 내가 현실에서 겪는 갈등과 상처를 이해해 주었다. 그들 덕분에 친정에서 몸보신하며 푹 쉬고 온 듯 마음의 체력을 조금씩 회복할 수 있었다.

이제는 그들에게 그리고 세상에 화답하고자 한다. 구비문학에 대한 오래된 애정과 더불어 실패와 고통 속에서 얻은 소소한 깨달음을 모두와 함께 나누고 싶다. 그리하여 이에서 발견하는 '옛사람들의 혜안'이 인생의 망망대해를 표류하고 있는 모든 이에게 등대가 되기를 바란다.

목차

2부. 살아 내기 위한 마음

살아 있다고 해서 저절로 살아지는 게 아니었다

3부. 불혹, '나다움'으로 향하는 여정

감은장 아기는 제 복으로 살고, 나는 '나'로서 살면 되는 거야

1부. 유년 시절의 성장통

나는
사랑받고 싶었고,
인정받고 싶었다

'양성평등'이라는 케이크의 레시피

충북 관방유적 전설 & 오누이 힘내기

옛날 한 홀어머니가 힘이 장사인 아들과 딸을 데리고 살고 있었다. 하루는 남동생(또는 오빠)과 누이가 한 집 안에 장수가 둘이 있을 수는 없다며, 내기를 해서 지는 사람의 목을 베기로 했다. 남동생은 굽이 3자 3치나 되는 쇠 나막신을 신고 하루 만에 도성(서울)까지 갔다 오고(또는 성 쌓기), 누이는 치마로 돌을 옮겨서 성을 쌓는 내기였다.

딸이 이길 것 같은 직감이 든 어머니는 딸에게 일부러 뜨거운 팥죽을 가져다주었다. 한편, 아들에게는 찰밥을 주었다. 누이는 뜨거운 팥죽을 먹느라 성 쌓는 일이 지체되었고, 그 사이 남동생은 도성에 다녀와 내기에서 이겼다.

이후 남동생은 자신이 누이를 비겁하게 이겼다는 사실을 알게 되었고, 이로 인해 괴로워하다가 죽고 말았다. 한꺼번에 아들과 딸을 모두 잃은 어머니도 자신의 어리석음을 한탄하며 자결했다. 그들이 살던 곳에는 딸이 쌓다 만 성과 아들이 죽은 흔적이 지금도 남아 있다.

'오누이 힘내기' 전설은 전국 각지에 퍼져 있는 이야기다. 지역마다 남동생 대신 오빠가 등장하거나, 배경 또는 내기 방식이 조금씩 다르다. 하지만 딸이 희생된 것은 변하지 않는 서사다. 그런 측면에서 보면 이 이야기는 단순한 민담이 아니다. 모계사회에서 부계사회로 이행하던 시기, 여성의 자리가 점차 밀려나던 현실을 상징적으로 보여 준다. 특히 어머니가 아들 편에 선다는 설정은 남성적 중심 질서에 순응하는 여성상을 비판적으로 드러낸다고 할 수 있다.

누이의 부당한 죽음에 대한 비극성이 두드러진 '오누이 힘내기 전설'은 우리나라에서 전국적으로 널리 퍼져 있는 이야기다. 이 전설의 배경은 모계사회에서 강력한 부계사회로 변화함에 따라 여성의 자리가 점점 좁아지게 된 당대의 현실을 반영한다.

이 이야기를 처음 접했을 때 어릴 적 기억이 스쳐 갔다. 제사를 준비하던 날, 나는 제법 어른스러운 아이였다. 장을 보러 따라가고, 제사 음식을 옮기며 바쁘게 몸을 움직였다. 그런 나를 두고 어른들은 '착하다', '손이 야무지다'라며 칭찬을 아끼지 않았다. 하지만 정작 제사상이 차려지고 향을 피운 후에는 누구도 나를 부르지 않았다. 줄곧 TV만 보던 사촌 남동생들은 불려 나와 귀찮다는 듯 절을 했다. 하지만 나는 절하라는 말을 끝까지 듣지 못했다.

'왜 나는 빠졌을까?'

어린 마음에 울음이 터져 나왔다. 어른들이 여자는 원래 절 안 하는 거라며 달래 주었지만, 전혀 위로가 되지 않았다.

다음 제사가 돌아왔을 때였다. 그날의 기억은 더 또렷하다. 장을 보고 제사상을 차리기까지는 지난번과 다르지 않았다. 하지만 향을 피우고 어른들이 절을 시작하려는 순간, 정적을 깨트린 사람이 있었다. 바로 우리 엄마였다.

"이제 시대가 변했는데 여자들도 절해야죠. 안 그래요?"

갑작스러운 제안에 어른들은 하나같이 입을 굳게 다물었고, 분위기는 얼음장처럼 차가워졌다. 하지만 엄마는 아무 상관 없다는 듯 눈 하나 깜짝하지 않고 행동했다.

엄마의 주도 아래 연세 지긋한 어르신부터 나까지 모두 절을 했다. 그날 이후 제삿날 풍경이 조금씩 달라지기 시작했다. 나 또한 엄마가 오누이 이야기 속 어머니처럼 나를 포기하지 않을 것이라는 믿음과 안도감이 들었다.

기억을 더듬어 보면 사는 동안 종종 성차별을 겪었다.

학교에서, 직장에서, 그리고 아이를 키우는 엄마가 된 지금도. 방식은 조금씩 다르지만 저변에 있는 의미는 같았다.

'여자아이인데 너무 활발하다.'
'남자애가 분홍색을 좋아하네?'

이런 이야기를 들을 때마다 혼자 속으로 생각한다.

'무심코 하는 말과 태도가 아이들의 타고난 정체성과 자존감을 흔드는 것 아닐까?'

친구들과 이야기할 때도 비슷한 경험을 한다. '딸과 아들을 다르게 대하는 부모님에 대한 서운함'은 빠지지 않고 등장하는 대화 소재다. 즉, '오누이 힘내기'가 형태만 달라진 채 반복되고 있는 것이다.

양성평등의 케이크는 나누는 게 아니라,
함께 만들어 가는 것

나는 아이들에게 알려 주고 싶다. 딸이라면 자신의 권

리를 지키기 위한 목소리를 내는 용기를 가져야 한다고, 아들이라면 자신이 누리는 익숙한 권리가 누군가에게는 불평등일 수 있다는 감수성을 키우라고 말이다. 그리고 무엇보다 양성평등은 '케이크 한 판을 나누는 것'이 아니라 '함께 만드는 과정'이라는 것을 말해 주고 싶다.

케이크를 만드는 데는 재료가 필요하다. 밀가루, 달걀, 생크림 등 서로가 가진 재료를 꺼내어 함께 만들어 가는 과정 자체가 '평등'이라고 생각한다. 유통기한이 임박한 케이크의 더 큰 조각을 가지려고 나이프를 휘두르며 싸울 필요가 없다.

서로 마음을 모아 케이크를 굽고 꾸미는 것이 모두가 웃을 수 있는 평등으로 가는 길이 아닐까?

우리 집안의 걸크러시, 가시내

남장 여인 관련 설화 & 우리 어머니들의 이야기, 가시내

"가시내야!"

잘못이라도 하면 어른들 입에서 제일 먼저 튀어나오던 말이다. '가시내(나)'는 여자아이 또는 처녀를 뜻하는 경상도 방언으로, 어원에 관해 다양한 설이 있다. 그중에는 고려가 원나라의 간섭을 받던 시기, 원나라 공녀로 끌려가는 것을 피하고자 갓을 쓰고 남장을 한 여인들을 '갓쓴 애(여인)'로 불렀던 데서 유래했다는 설이 있다.

어릴 적 자주 아파 학교에 결석하고, 주말에는 늘 외가에 맡겨졌던 나는 혼자일까 봐 걱정하는 엄마와 할머니 덕에 옛날이야기를 들을 기회가 많았다. 사실 엄마와 할

머니는 무뚝뚝한 편이었다. 그럼에도 불구하고 두 분이 풀어내는 이야기보따리의 주제는 한 가지였다. 바로 용감한 소녀 '가시내', 즉 남장한 소녀 영웅 이야기였다.

옛날, 전쟁이 한창이던 시절에 남자는 모두 전쟁터로 떠나고 여인들만 남은 마을이 있었다. 그 마을에 살던 한 여자아이가 남장을 하고 전장으로 향했다. 아이는 외적을 물리치고 마을의 영웅이 되었지만, 이후 적군에게 목숨을 잃었다. 사람들은 장례를 치르면서야 아이가 여자였다는 것을 알게 되었고, 그녀를 갓을 쓴 애 '가시내'라 불렀다. 유관순과 잔 다르크를 몰랐던 나는 가시내 이야기를 들을 때마다 눈물을 글썽였다. 그리고 이야기 속 주인공인 가시내를 선망하고 동경하는 마음이 내 안에 차올랐다. 그때부터 내 마음속 롤모델은 '걸 크러시', 곧 '가시내'였다.

도서관에서 대출증을 처음 만들고 '가시내' 이야기와 비슷한 책을 찾아 헤맸다. 그러다가 만난 것이 고전소설 〈홍계월전〉과 〈정수정전〉이었다. 소설 속 주인공인 홍계월과 정수정은 모두 전통을 뚫고 나온 여성 영웅이었다. 〈홍계월전〉은 가족을 잃은 여인이 남장하고서 반란을 진압해 영웅이 되는 이야기며, 〈정수정전〉 역시 비슷한 구조다. 두 여인 모두 약자의 위치에서 자기 자신을 증명해 내며 당당히 승리한다. 그러나 나는 유독 〈홍계월전〉에 더 마음이 갔다. 홍계월의 정체가 밝혀진 후, 황제를 비롯한 계월의 시부모 등 주변 인물들이 홍계월의 모습을 있는 그대로 받아들이고 변함없이 지지하는 점이 인상 깊었기 때문이다. 또한 여성의 자립뿐 아니라 공동체에 대한 수용과 연대 의식을 함께 느꼈던 것 같다.

"뭐야, 뮬란 이야기랑 비슷하잖아? 나 그거 알고 있는데?"

증조할머니와 할머니 그리고 엄마에게 전해진 이야기라고 잔뜩 기대하던 아이가 삐죽거렸다. 다양한 책과 교육 관련 미디어를 통해 흥미로운 서사를 자주 접한 아이에게는 진부한 이야기로 느껴지는 모양이었다. 그러다가 아이가 물었다.

"엄마, 왜 여자는 전쟁에서 못 싸우게 했던 거야?"
"잔 다르크는 여자인데도 싸웠잖아."

아이의 질문이 오래 남았다. 가시내도 홍계월도 결국 '여성이라는 사실을 감추고 싸웠다'는 점을 부정하기 어려웠다. 그러다가 문득 이런 의문이 들었다. 남성성을 흉내 내는 게 진짜 강한 걸까?

가부장적 사회 구조 속에서 남장이 생존 전략이었음을 이해하지 못하는 건 아니다. 하지만 그렇다고 굳이 '남성성'이라는 가면을 쓸 필요는 없어 보인다.

이제는 거칠고, 저돌적인 태도를 강인함이라 부르는 시대는 지났다. 마초적인 남성처럼 가장하고 공격적인 언사와 무례한 태도를 보이는 소위 '드센 여자'가 걸크러시 또는 여성 영웅이라는 생각이 들지 않는다.

여성성은 연약함을 의미하는 것이 아니다. 나는 여성성이야말로 새로운 영웅성의 시작점이라고 생각한다. 수동적이고 섹슈얼한 이미지가 아니라 온유함 속의 단단함, 공감할 줄 아는 능력, 관계를 엮는 세심함, 심미안과 포용력이 한데 어우러진 것이 진짜 고유한 힘이라고 생각한다.

그러니 여성 스스로 자기 내면에 있는 본래의 여성성

을 인정하고, 남성성이라는 가면으로 자존감을 찾으려
고 애쓰지 않으면 좋겠다. 자기 안의 여성성을 깨워 섬
세한 감성으로 씨실과 날실을 엮어 내듯 심미적 아름다
움을 표현하면서 주체적으로 살아가면 좋겠다.

로맨스의 여주인공이 반짝이는 이유

판소리계 소설 〈춘향전〉 & 전북 남원 박색터 설화

"옛날 옛적에, 어여쁜 여인이 그네를 타고 있었는데…."

내 인생의 첫 로맨스는 만화책도 드라마도 웹소설도 아니었다. 바로 판소리계 소설인 〈춘향전〉이었다. 여덟 살 무렵, 교통사고를 당해 병원 신세를 진 적이 있다. 석 달가량의 입원 생활은 매우 고통스러웠다. 다리에 깁스를 한 채 병원에서만 지내면서 짜증이 늘었고, 답답한 마음에 울음을 터트리기도 했다.

병원 생활 중에 가장 기다렸던 시간은 잠들기 전 엄마가 옛날이야기를 들려주는 시간이었다. 그중에서 가장 재미있게 들었던 이야기가 바로 〈춘향전〉이었다.

　이몽룡과 성춘향이 만나 사랑을 약속하고, 모진 시련과 역경을 이겨 낸 끝에 다시 만나는 이야기는 매일 들어도 질리지 않는 감동적이고 아름다운 로맨스였다. 특히 자신과 달리 높은 신분을 가진 이몽룡이나 변 사또 같은 남성 앞에서 소신을 굽히지 않고 용감하게 말하는 춘향이의 모습은 내 기억 속에 '예쁘면서 사랑의 약속을 지킬 줄 아는 여인'으로 오래도록 각인되었다.

　춘향이 이야기를 듣고 난 후부터 또래 친구들은 인형을 가지고 노는 역할 놀이에 나를 끼워 주지 않았다. 그럴 만도 했다.

　친구들은 분신과도 같은 인형에게 공주 또는 예쁜 요정의 이름을 지어 주었지만, 내 인형의 이름은 퇴기 월매의 딸이자 이몽룡의 연인 '춘향'이었다. 학창 시절, 고전문학 수업 시간에도 〈춘향전〉이 나오면 너무나도 반가웠다. 판소리계 소설 〈춘향전〉을 해석하는 것이 즐거웠다.

　하지만 판소리계 소설로서 〈춘향전〉을 분석하는 과정에서 어릴 적 품었던 순수한 환상이 흐릿해지는 느낌이

들어 아쉬웠다. 우리는 〈춘향전〉이 한 여인의 사랑과 지조에 관한 이야기라고 알고 있지만, 이면에는 천민 출신인 춘향이의 신분 상승에 대한 욕망 그리고 권력층에 대한 저항이 있다. 춘향이는 옥에 갇혀서도 자신이 죽으면 이몽룡 집안의 선산에 묻어 달라고 유언하는데, 이는 단순한 연정이 아니라 신분을 인정받고자 한 강한 의지로 해석할 수 있는 부분이다.

대학에서 고전문학 강의를 듣다가 〈춘향전〉의 또 다른 뿌리를 알게 되었다. 바로 전북 남원 지역의 '박색터 설화'였다. 이 설화 속 춘향은 너무 못생겨 서른이 넘도록 혼인하지 못한 여인이다. 그녀는 이 도령을 보고 첫눈에 반해 상사병을 앓았다.

월매는 딸을 위해 술수를 부려 이 도령과 춘향이가 동침하게 만들었다. 다음 날 이 도령은 마지못해 비단 수건을 정표로 남기고, 아버지를 따라 서울로 떠났다. 그 후 춘향이는 아무리 기다려도 이 도령이 오지 않자 광한루에서 스스로 생을 마감했다.

남원부 사람들은 춘향이를 이 도령이 떠난 고개에 장사를 지내고, 그곳을 박색터라고 불렀다. 추한 외모 때문에 사랑받지 못한 춘향이. 그녀의 비극적 이야기가 어쩌다가 아름다운 로맨스로 변했을까?
박색 춘향이의 안타까운 사랑을 이야기로나마 다시 태어나게 하고 싶었던 옛사람들의 마음이 담긴 건 아닐까?

공주가 반짝이는 진짜 이유

"공주 아니잖아!"

예전에 남원 여행길에 춘향이 인형을 사서 지인의 딸에게 선물한 적이 있다. 그런데 선물을 받은 아이가 울음 터트렸다.

"얼굴도 머리도 옷도 다 이상해!"
"엘사도 아니고, 공주도 아니잖아!"

그제야 깨달았다. 현시대 아이들의 세계에서 춘향이는 경쟁력이 없다는 것을. 공주 인형에 밀리고, 반짝이는 드레스에 가려졌다는 것을. 춘향이는 예뻐서 반짝인 게 아니다. 그녀는 신분의 장벽 앞에서, 권력자의 협박 앞에서, 죽음의 공포 앞에서 사랑과 자존심을 지켜 낸 사람이었다. 춘향이가 로맨스의 여주인공으로 반짝반짝 빛나는 이유는 아름다운 외모 때문이 아니라, 힘든 상황에서도 자신의 사랑과 진심을 끝까지 지켰기 때문이었다.

나는 우리 아이들이 공주를 동경할 때 그저 사랑받는 존재로만 기억되지 않았으면 좋겠다. 반짝이는 장신구와 화려한 드레스를 입기만 하면 무조건 공주가 될 수 있다고 여기지 않도록 얘기해 주어야 한다.

공주가 된다는 것은 스스로 귀히 존중받을 권리를 포기하지 않고 끝내 행복해질 수 있다는 희망을 상징하는 것으로 받아들이면 좋겠다. 모험과 고난을 용감하게 헤쳐 나가면서 자신만의 신념과 사랑을 지켜 내고자 노력하는 모습, 공주가 반짝거리는 이유가 있다면 그 때문이 아닐까?

치기 어린 첫사랑의 끝

작자 미상의 고전소설 〈운영전〉

로미오와 줄리엣이 원수지간인 가문에서 태어나 집안의 반대로 사랑을 이루지 못한 비극이라면, 〈운영전〉은 양반 김 진사와 궁녀인 운영의 신분이 다른 두 남녀의 애절한 사랑 이야기를 그린 비극이다.

안평대군의 집에 운영이라는 이름의 재주가 뛰어난 궁녀가 있었다. 하루는 김 진사가 안평대군 집을 방문했다가 운영과 만나게 되고, 두 사람은 몰래 사랑을 키워 나갔다.

하지만 김 진사의 하인 특의 배신으로 안평대군에게 들키게 되었고, 결국 운영은 자결했다. 이 소식을 들은 김 진사도 슬픔을 견디지 못하고 운영을 따라 목숨을 끊었다.

로미오와 줄리엣이 그러했듯이 아직 여물지 않은 소년과 소녀의 치기 어린 사랑은 그들을 비극으로 이끌었다. 다가오는 사랑이 바위처럼 변치 않는 것인지, 한여름의 소나기처럼 잠시 스쳐 지나가는 것인지 단 한 번도 의심해 보지 않았던 걸까? 총명하고 재주가 뛰어났던 김 진사와 운영이 처음 경험한 사랑의 감정은 무모했고 순전했다.

특히 안평대군의 궁녀 운영이 김 진사에게 구애한 것은 죽음을 불사하는 용기였다. 운영은 안평대군을 찾아온 김 진사를 보고 첫눈에 반했고, 김 진사의 붓에서 먹물 한 방울이 자기 손목에 떨어지는 것으로 사랑을 확신했다. 또 벽에 구멍을 내어 김 진사에게 사랑의 편지를 전하며 먼저 마음을 표현했다.

금지된 사랑을 끝까지 지켜내고자 했던 그들의 절절한 마음을 담은 이 이야기는 당대 사람들의 마음을 울렸고, 오랜 세월에 걸쳐 회자되었을 것이다. 〈운영전〉의 행복한 결말 버전이라 할 수 있는 〈영영전〉을 비롯한 수많은 이본이 전해지고 있는 것을 보면 〈운영전〉이 얼마나 인기 있는 비극이었는지 추측해 볼 수 있다.

미숙했던 나의 첫사랑

나는 '사랑'이라는 감정의 성숙이 더딘 사람이었다. 어린 시절부터 고전 또는 세계 명작에서 나오는 로맨스가 현실에서 이루어지기를 고집했다. 그래서 이성 간의 사랑에 대해 과하게 의미를 부여하고 기대하는 편이었다.

나의 첫사랑도 그랬다. 대학 시절에 한 살 많은 선배와 연애하는 동안 나는 언제나 '을'이 되었다. 서로가 서로에게 가장 중요한 존재가 되기를 요구했고, 지나친 호의를 베풀었다. 상대방의 말과 행동을 제멋대로 해석해 혼자서 실망할 때가 많았다. 결국 첫사랑의 끝은 비참했다.

연애 경험이 많았던 선배는 모든 게 처음이라 서툴고 열정만 앞섰던 나를 점점 부담스러워하고 못마땅하게 생각했다. 우리는 싸우고 헤어지고 다시 만나기를 반복했다. 결국 감정의 골이 깊어져 지쳐갈 무렵, 선배는 나 몰래 다른 사람을 만나고 있다고 말했다. 그제야 나는 한 줌의 미련도 없이 온전한 이별을 할 수 있었다.

아름답지 못한 첫사랑이 지나간 후에도 나는 별로 달라지지 않았고, 연애의 악순환이 이어졌다. 상대방에게 내가 만든 이상적인 사랑의 잣대를 들이밀며 그저 따라주기를 강요했다. 반복되는 만남과 헤어짐에 지쳐 갔다. 사랑이 뜻대로 이루어지지 않는 이유는 여자로서 사랑받을 조건이 내게 부족하기 때문이라는 생각이 들어 괴롭기도 했다.

시간이 흐르고 이십 대 후반이 되어서야 성숙한 사랑이 무엇인지 조금씩 깨닫기 시작했다. 환상 속에나 존재할 법한 사랑을 달라고 떼를 쓰던 내 모습을 되돌아보며 반성의 시간을 자주 가졌다. 그리고 내 안의 '사랑'에 대한 기준을 새롭게 정의했다.

사랑놀이가 아닌 진정한 사랑은 상대방의 마음을 가져와서 내 마음을 채우는 행위를 말하는 것이 아니다. 내 마음을 상대방에게 기꺼이 내주어도 내 마음의 총량은 그대로인 것을 의미한다.

나 자신에 대한 사랑이 바탕이 되어야 타인에 대한 사

랑도 순수하게 이루어질 수 있다. 허전한 마음을 채우고
자 사랑을 도구로 삼는다면 결국엔 파국을 맞이한다. 타
인을 있는 그대로 수용할 수 있는 마음의 여유가 있어야
연애도 순항한다.

〈운영전〉에서 김 진사와 운영의 사랑은 비극으로 끝났
지만, 그들의 애절한 사랑은 사람들에게 영원히 기억되
고 있다. 하지만 그 사랑이 현실이라면 어떨까? 아름답
고 슬픈 사랑에 삶을 모두 내던지고자 하는 사람은 찾기
어려울 것이다.

최근 TV에서 일반인들의 연애를 다루는 예능 프로그
램을 자주 본다. 사랑을 갈구하는 사람이 점점 늘어나고
있는 걸까? 오로지 자기를 위한 사랑을 채우고자 하는
목적으로 이성을 유혹하고 사랑하는 과정을 연애의 필
승전략 또는 승패를 가르는 경기처럼 다루는 것 같아 우
려된다.

한편 연애 프로그램 속의 앳된 여성이 호감이 가는 상
대를 보면서 머리카락을 쓸어 올리고, 수줍은 미소를 짓
는 모습을 보면서 '나도 저런 때가 있었지' 하며 새로운
사랑에 설렜던 과거의 나를 회상해 본다.

사랑을 꿈꾸는 청춘들을 항상 응원하지만, 더불어 조언해 주고 싶다. 삶과 연애의 균형을 이루길 원한다면, 결말이 행복한 사랑을 원한다면 먼저 내면의 거울 앞에 서야 한다고 말이다. 그리고 상대방을 존중하고 배려할 수 있는 마음의 자리가 넉넉한지, 상대방에게 나 자신의 결핍과 외로움을 과하게 의존하는 것은 아닌지 스스로 살펴봐야 한다.

그럴 때 비극적 사랑은 이야기 속에만 남겨 두고, 현실에서는 슬기롭고 주체적인 사랑을 할 수 있을 것이다.

나는 너무 사랑스럽다

〈삼국유사〉 & 묘정의 구슬

〈삼국유사〉 기이 제2권 원성대왕 편에는 몸에 지니고 있으면 사랑받게 되는 신기한 구슬 이야기가 나온다. 승려 지해를 따르는 사미승(수행 중인 어린 남자 승려)인 묘정은 매일매일 자라에게 먹을 것을 주었다. 자라는 보답으로 묘정에게 구슬을 주었다.

이 구슬을 몸에 지닌 묘정은 모든 사람에게 사랑받고, 당나라 황제의 총애도 받게 되었다. 그런데 알고 보니 그 구슬은 황제가 잃어버린 여의주였고, 결국 묘정은 구슬을 빼앗겼다. 이후 사람들은 더는 묘정을 사랑하거나 신뢰하지 않았다.

누군가에게 지대한 관심이나 사랑을 받은 적이 없었던 사미승 묘정이 아이돌에 버금가는 인기와 사랑을 얻게 되었다. 기분이 어땠을까? 그리고 구슬을 빼앗기고 다시 본래의 자리로 돌아온 묘정의 마음도 궁금하다.

사람들에게 받는 사랑이 부질없으니 부처님을 모시며 열심히 수행해야겠다는 깨달음을 얻었을까? 사람들에게 사랑받는 행복을 누리지 못한다는 사실에 절망하지는 않았을까?

'나'는 사랑스럽다

"나 미쳤나 봐. 내가 너무 사랑스러워. 마음에 사랑밖에 없어. 그래서 느낄 게 사랑밖에 없어."

TV 드라마 〈나의 해방일지〉의 마지막 화 엔딩 대사다. 드라마가 모두 끝나고 후속 드라마 예고가 지나갈 때까지 내 생각은 엔딩 대사에 한참 머물러 있었다.

살아오면서 나 자신이 사랑스럽다고 생각한 적이 없었다. 그 대신 부정적인 시선으로 나를 바라보며 괴로워한

날이 많았다.

대학 시절, 아르바이트를 해서 받은 첫 월급으로 옷을 샀다. 고등학교 시절에는 부모님이 옷을 사다 주셔서 옷을 직접 살 기회가 없었다. 그래서 그런지 옷을 고르는 안목이 부족했다. 시내에 있는 옷 가게들을 두 시간이 넘도록 둘러보았지만, 어떤 옷이 나에게 잘 어울리는지 알 수 없었다.

그래서 평소 좋아하던 로맨스 영화의 여주인공을 떠올리며 옷을 골랐다. 하늘거리는 뷔스티에 원피스, 핑크빛 꽃무늬와 레이스가 가득한 퍼프 소매 블라우스 등을 제대로 입어 보지도 않고 성급하게 구매했다.

집으로 돌아와 설레는 마음으로 새 옷을 입고 거울을 봤다. 내 모습은 8등신 바비 인형의 옷을 억지로 껴입은 3등신 못난이 인형처럼 부자연스럽다 못해 우스꽝스러웠다.

그제야 영화 속 여주인공이 44 사이즈의 아담한 체구에 조막만 한 얼굴을 가졌다는 사실이 뒤늦게 생각났다. 대한민국 20대 여성 기준으로 '말랐다'보다 '통통하다'

에 더 가까우며 지극히 동양적인 외모를 가진 나에게 그 옷들이 전혀 어울리지 않았던 것은 당연한 일이었다.

하지만 보편적인 미의 기준에 부합하는 여자가 되길 원하고, 또 사랑받고 싶었던 스무 살의 나는 속상했다. 로맨스 영화 속 여주인공의 외모와 거리가 먼 내가 전혀 매력적이지 않아서 아무도 나를 사랑하지 않을 것 같았다.

시간이 흐르고 엄마가 되어서도 마찬가지였다. 아이를 낳고 키우면서도 '엄마'가 아닌 '아가씨'처럼 날씬한 몸매와 예쁘장한 외모를 계속 유지하길 원했다.

하지만 육아하면서 몸이 아팠고, 덩달아 살도 찌기 시작했다. 피부도 거칠어지고, 얼굴에 잡티가 점점 늘었다. 점점 망가지는 외모가 싫어 매일 두 시간 이상 쓰러질 정도의 고강도 운동을 했고, 다이어트약도 자주 먹었다. 피부과에 가서 시술을 받고, 마사지도 받았다. 하지만 모두 소용이 없었다. 건강만 나빠지고 우울감은 더해 갔다.

그러던 어느 날, 대학 친구를 우연히 만났다. 반가운

마음으로 이런저런 대화를 나누던 중에 친구가 이런 말을 했다.

"아, 요새도 아로마 캔들 좋아해? 예전에 네가 아로마 캔들 불 안 끄고 잤다가 앞머리에 불이 붙었다고 했잖아. 그때 우리 엄청 웃었는데. 나는 지금도 아로마 캔들 보면 그 기억이 떠올라. 너는 말도 재미있게 했지만, 덜렁대면서 사고 치는 것도 너무 귀여웠어."

갑작스러운 칭찬에 나도 모르게 얼굴이 붉어졌다. 친구와 헤어진 후, 수많은 생각이 교차하다가 하나의 결론에 이르렀다.

'어쩌면 나는 이미 사랑스러운 사람인지도 몰라!'

그동안 나의 고유한 매력과 가치를 알아보지 못하고, 타인이 가진 장점을 부러워하며 따라 하고자 용을 썼다.

어떻게 하면 사람들에게 더 사랑을 받을 수 있을까 생각하며 옷과 신발을 골랐다. 나에게 무엇이 가장 잘 어울리는지는 중요하지 않았다. 사랑받는 기준을 내가 아닌 타인과 세상에 두고 있었다.

그 후 누군가의 애정을 갈구하지 않고 스스로 사랑하기로 마음먹었다. 나를 옥죄던 타인의 시선에서 벗어나 마음의 소리에 집중하려고 노력했다.

자기 사랑의 선순환

1년 후, 자궁내막증식증 수술을 하며 다시 건강이 나빠졌다. 복용하는 약의 부작용으로 체중이 한없이 증가했다. 눈 밑은 항상 퀭했고, 피부 탄력도 떨어졌다. 거울을 볼 때마다 다른 사람을 보는 것 같았다. 하지만 자존감은 점점 높아졌다. 아픈 와중에도 수백 권에 달하는 책을 읽었고, 꾸준한 글쓰기를 통해 책도 출간할 수 있었다. 방송통신대학교 유아교육학과에 입학해 열심히 공부했고 장학금도 받았다.

지금도 나는 플러스사이즈 쇼핑몰에서 옷을 구매한다. 하지만 예전처럼 조급해하거나 무리하게 애를 쓰려고 하지 않는다. 그저 하루를 견뎌 낼 수 있을 만큼 운동을 하고, 일주일에 두어 번은 좋아하는 음식을 적당히 즐긴다.

이런 내 모습이 부끄럽거나 초라하게 느껴지지 않는다. 나를 귀하게 여기고 사랑스럽게 바라보면서, 모든 것이 충만하고 평온한 상태를 유지하는 것에 감사함을 느낀다.

우리가 흔히 말하는 '인기', 즉 타인이 주는 관심과 사랑은 '신기루'라고 생각한다. 그 사랑은 언제든지 식어 버리고 잊힐 수 있다. 촛불 같은 사랑이 꺼질까 봐 전전긍긍하며 사는 것은 결코 '행복'이라 할 수 없다.

하지만 자기 자신에 대한 사랑은 무한한 행복의 선순환이다. 먼저 '나'를 사랑으로 채우면 '나'는 사랑받을 수 있고, 그 기쁨의 에너지로 다시 '나'를 사랑으로 채워 나갈 수 있다. 그리고 자신에 대한 사랑이 충분하다면, 사랑받는 것보다 사랑을 베푸는 기쁨을 느끼게 된다. 그리하여 자기뿐 아니라 주변 사람들에게도 사랑의 온기가 퍼져 나간다.

묘정의 구슬은 용이 품고 있던 여의주였을 것으로 추정된다. 수많은 전설에 따르면 여의주는 용이 이무기 시절에 수행했던 공덕의 결정체다.

　그러므로 묘정이 구슬을 계속 가지고 있어도 구슬 안의 공덕은 자신이 이룬 것이 아니기에 진정으로 행복할 수 없었으리라 추측해 본다. 구슬을 빼앗긴 묘정이 자신을 사랑하는 방법을 깨닫고, 자기 자신의 감옥에서 해방된다면 행복해질 수 있지 않을까?

관용의 수레바퀴

서사무가, 바리데기(바리공주)

바리데기 설화는 전국적으로 전승되는 서사무가이다. 이야기 속 주인공인 바리데기 또는 바리공주는 죽은 이의 영혼을 저승으로 인도하는 여신으로 우리나라의 망자 천도굿에서 매우 중요한 인물이기도 하다.

옛날 오구대왕과 길대부인이 혼인하여 여섯 명의 딸만 낳고, 아들을 얻지 못해 근심이 많았다. 그 후 길대부인이 일곱 번째 딸을 낳았고, 오구대왕은 아들이 아닌 것에 화가 나서 갓 태어난 딸을 멀리 버리라고 명령한다. 길대부인은 '바리데기'라고 이름을 지어주고, 옥함에 담아 강물에 띄워 보냈다.

　이후 비리공덕 할멈과 할아범이 바리데기를 발견하여 키우게 되었다. 십오 년 후쯤, 오구대왕은 병환으로 죽음을 앞둔 와중에 고승이 나타나 서천서역의 약수를 마시면 병이 나을 것이라 말했다.

　길대부인은 딸들에게 약수를 구해 올 것을 부탁했지만, 모두 거절하였다. 이에 일곱째 딸인 바리데기를 찾아갔고, 그녀는 아버지를 위해 약수를 구하러 떠났다. 바리데기는 약수를 찾으러 가는 길에 밭을 가는 할아범과 빨래하는 할멈을 도와주었고, 지옥에서 고통을 받는 영혼들을 구원하였다.
　그리고 무장승(동수사)이 원하는 대로 혼인하여 아이 셋을 낳고, 약수를 구하였다. 그리하여 바리데기는 약수로 오구대왕을 살렸고, 저승을 관장하는 신이 되어 수많은 영혼을 구제하였다. 또한 그녀의 아들들도 저승의 신이 되었다.

　바리데기의 삶은 고통의 연속이다. 부모로부터 버림을 받은 것도 서러운데, 고난과 시련이 다양한 모습으로 찾아와 그녀를 시험에 들게 한다. 그녀가 신으로서 맡은 역할조차 만만치 않다. 이승에 미련을 버리지 못하고, 지독하게 한이 서린 망자의 영혼을 달래가며 저승으로 데려가는 것이 어찌 쉬울 수가 있을까?

열다섯 살의 나는 무엇을 용서하고 싶었을까?

바리데기 설화를 처음으로 알게 되었을 때, 가장 먼저 떠올랐던 단어는 바로 '관용'이었다.

바리데기는 자식을 버리고 염치없이 부탁하는 부모, 약수의 행방을 빌미로 혼인해서 아이를 낳자는 무장승을 탓하지 않았다. 오히려 약수를 구하기 위한 힘든 여정 속에서도 노인들의 도움 요청에 단 한 번도 거절하지 않았고, 지옥의 영혼들을 가엾게 여겨 구원해 주었다.

사람들의 눈에는 험난한 고난과 역경을 자처하는 바리데기가 어리석어 보일 수도 있다. 하지만 남들과 다른 방식으로 사춘기를 겪었던 열다섯 살의 나는 반항아가 아닌 바리데기가 되고자 했다.

그 시절, 딸이 교사가 되었으면 하는 부모님 몰래 품었던 꿈이기도 했다. 바리데기처럼 관용을 베푸는 마음을 갖추고, 마더 테레사처럼 불우한 사람들을 위해 사랑과 나눔을 실천하는 종교인이 되고 싶었다.

시간이 흘러 종교인이 되려는 꿈은 바뀌었지만, 완전한 선(善)으로 살아가겠다는 신념은 변하지 않았다. 올곧은 마음으로 타인에게 선의를 베풀며 살겠다고 다짐했다.

하지만 나는 어느 순간부터 사람들 사이에서 '속도 없고, 바보같이 당하기만 하는 사람'이 되어버렸고, 마음의 상처도 점점 늘어났다. 힘겹게 나누는 친절과 관용을 고마워하기는커녕 당연하게 여기는 사람들도 있었다.

특히 나를 더 아프게 하는 원망의 대상들이 있었다. 나를 은근히 따돌리며 괴롭혔던 친구, 친구와 비교하며 차별했던 선생님 그리고 부족한 딸을 다그치기만 하던 부모님으로 인해 화가 났고, 억울한 감정이 솟구쳤다. 그래서 되뇌었다.

'나는 용서하는 사람이다.
누구도 미워하지 않을 것이다.'

그래도 안 되겠다 싶은 날에는 마음속에서 수레를 만들었다. 현실의 아픔과 부정적인 감정의 짐들을 수레에 모두 신고, 관용의 축, 아량과 이타심의 살로 이루어진 수레바퀴를, 온 힘을 다해 밀었다.

그때를 돌이켜보면 의문이 든다. 나는 무엇을 용서하고 싶었던 것일까? 왜 자신보다 타인을 돌보는 일에 더 관심을 가졌을까?

고통 뒤에는 더 큰 고통이 온다.

'고생 끝에 낙이 온다.'

잘못된 말이라 생각했다. 사실 인생은 고생 끝에 더 큰 고생이 올 수는 있어도 고생한 만큼의 행복이 항상 보상되는 것은 아니다. 다만, 고생한 사람의 마음이 변할 뿐이다.

나는 자의든, 타의든 살아온 인생의 절반이 고통이었다.

어린 시절의 나는 운이 없었다. 집에서도, 학교에서도 말이다. 우리 가족은 화목하지 못했고, 학교생활도 그리 즐거운 편이 아니었다. 아무 데도 마음을 털어놓을 곳이 없어서 가상적 자아를 만들어서 안전지대로 삼았다. 성인이 된 이후로도 거듭되는 실패 앞에서 좌절하는 날들이 많았다.

하지만 고통에 다른 이름을 붙인다면, 그것은 '내면의 성장'이었다. 고통에 대한 사유는 나라는 존재를 탐구하는 강력한 동기가 되었다. 또한 사람들이 가지고 있는 각양각색의 아픔을 이해하고, 공감할 수 있는 마음의 자리가 넓어져 갔다.

나이가 들고, 고통이 짙어갈수록 바리데기의 숭고한 마음이 새롭게 와닿는다.

바리데기의 관용은 그녀의 부모가 죽음의 문턱에서 새 삶을 살아갈 기회를 얻게 하였다. 바리데기의 자비는 죄로 얼룩진 영혼들을 정화하여 구하였다. 또한 무장승과의 사이에 낳은 아이들을 훌륭히 키워냈고, 그 아이들은 저승 시왕이 되어 죽은 인간들의 죄를 공정하게 심판하였다.

무엇보다도 그녀는 무조신(무당의 시조)이 되어 인간과 신을 이어주는 역할을 하였고, 기층민들의 의지처가 되어 주었다. 자신을 버렸던 세상을 한 결같이 품어주는 메시아, 바리데기의 손길이 닿는 곳마다 모두가 고통을 덜어내고, 위안과 희망을 얻었다.

마음속의 수레바퀴가 부서진 후, 외면했던 바리데기를 다시 마주하면서 과거의 아픈 기억도 함께 딸려 나왔다. 하지만 주름이 깊어진 바리데기의 얼굴을 보니 이번에는 모든 것이 괜찮을 것이라는 확신이 든다.

어떻게 하면 사람들에게
더 사랑을 받을 수 있을까 생각하며
옷과 신발을 골랐다.

나에게 무엇이 가장 잘 어울리는지는 중요하지 않았다.
사랑받는 기준을 내가 아닌 타인과 세상에 두고 있었다.

2부. 살아 내기 위한 마음

살아 있다고 해서
저절로 살아지는 게
아니었다

우리 민족 최초의 유토피아
〈삼국유사〉 & 단군왕검 신화

곰과 호랑이가 나오는 고조선의 건국 신화를 모르는 사람은 거의 없을 것이다. 하지만 '고조선'이라는 나라를 깊이 아는 사람은 몇이나 될까? 나 또한 초등학교 시절 학교에서 개천절과 단군 신화에 관해 배운 적은 있지만 자세히는 알지 못했다. 그래서 〈삼국유사〉의 첫 장에 나오는 단군 신화 이야기가 생소했다.

하늘 임금인 환인의 아들 환웅이 3,000명과 날씨를 주관하는 여러 신을 데리고 인간 세상으로 내려와 '신시'라 이름을 짓고 인간들을 다스렸다. 환웅은 인간이 되길 기원하는 곰과 호랑이에게 쑥 한 다발과 마늘 스무 개를 주고, 백 일 동안 햇빛을 보지 않는다는 금기를 지키면 바라는 바를 이룰 수 있다고 말했다. 호랑이는 금기를 지키지 못했지만, 곰은 금기를 지켜 여자의 몸이 되었다. 그리고 환웅과 혼인해 아들을 낳았고, 그 아들은 단군왕검이 되어 '(고)조선'이라는 나라를 세웠다.

환인과 환웅 그리고 단군으로 이어지는 하늘의 자손 이야기와 사람이 되기 위해 곰과 호랑이가 인내하는 이야기는 신비롭고 흥미로웠다.

도서관에 가서 단군 신화가 실린 다른 책을 서너 권 찾아 읽기도 했다. 덕분에 농경 생활을 하는 환웅의 신시(神市) 집단이 웅녀(곰)를 숭상하는 곰 토템 부족과 결합해 우리 민족 최초의 국가 고조선(조선, 후대의 '조선'과 구분하기 위해 고조선이라 명칭)이 탄생했다는 해석도 알게 되었다.

우리 민족 최초의 유토피아

나는 '고조선'이라는 나라를 상상해 보기로 했다.

'홍익인간(弘益人間), 널리 사람을 이롭게 하라!'

한 나라의 지도자 또는 지배층은 나라의 안녕과 부강함을 건국 이념으로 삼는 경우가 대부분이다. 그런데 고조선에서는 최대한 모든 사람이 이롭게 되는 것을 가장 중요한 가치로 삼았다. 사람들이 이로움을 누리는 것을 왜 국가의 기본으로 삼았을까? 종교와 정치가 한 사람에게 집중되는 제정일치의 사회였다는 점을 고려해도 '홍익인간'(弘益人間)은 성인 또는 철학자의 명언처럼 느껴진다.

사람을 이롭게 하는 고조선 그리고 고조선의 원맥(源脈)인 신시는 분명 살기 좋은 나라였을 것이다. 그렇기에 곰(족)과 호랑이(족)는 그곳에 속하는 사람이 되길 원했을 것이다.

사람이 되기 위한 조건도 흥미롭다. 물질적인 보상이 아니라, 기존의 '나'로부터 탈피하는 수행을 조건으로 내걸었기 때문이다.

맹수인 곰과 호랑이에게 자연적 본능을 누르고 쑥과 마늘만 먹으면서 100일을 버티라니, 이는 굶어 죽으라는 말이나 다름없다. 하지만 곰은 극한의 고통을 이겨내고 인간 여성인 '웅녀'로 새롭게 태어났다. 신시 부족의 지도자 환웅은 그녀의 출신 성분을 따지지 않고, 오히려 그녀의 공을 치하해 배우로 삼았다.

곰이었던 웅녀가 단군왕검의 어머니가 되었다는 데서 고조선이 추구하는 가치가 무엇인지 가늠할 수 있다. '나'의 긍정적인 변화를 위해 노력하는 사람을 인정해주고, 선한 사람들이 서로 도와가며 살아가는 나라, 고조선은 분명 모든 사람이 동경하는 '유토피아'라 확신한다.

고등학생 시절, 고조선을 바라보는 시각에 관한 새로운 사실에 깜짝 놀랐다. 우리나라 주류 학계에서는 고조선의 존재를 역사로 인정하지 않는다는 주장이 우위를 차지하고 있다는 것이었다. 그에 더해 고조선 및 단군 신화를 왜곡해 특정 종교를 홍보하는 것도 목격했다. 고조선에 대해 더 알려고 노력할수록 불분명한 정보와 지식이 혼재되었고, 고조선에 관한 역사적 진실을 알아내기가 쉽지 않았다.

대학원 입학 후에도 고조선을 언급하는 역사 및 고고학에 대한 강의가 단 한 번도 개설되지 않았다는 사실에 실망했다. 다들 '고조선'이라는 단어를 직접적으로 내뱉는 것을 조심스러워했다. 신뢰할 수 있는 사료 및 연구가 많이 부족했고, 이는 역사학계와 고고학계 그리고 정치 및 종교학계까지 논란의 소지가 크기 때문이라는 것을 뒤늦게 깨달았다.

우리나라 역사의 뿌리가 되는 고조선, 또는 고조선 이전에 대한 사료 및 연구가 이토록 찾기 힘들다는 사실이 안타까웠다. 하지만 나는 우리 민족이 세운 최초의 국가 고조선 또는 단군조선(단군왕검으로부터 세습된 왕조의 국가)의 단서를 찾을 수 있을 것이라 굳게 믿었다.

관련 학회를 통해 고조선(단군조선)에 대한 단서를 찾으려고 했지만, 허위 정보로 판명되어 실망하는 일을 수차례 겪었다. 또 단군이라는 존재가 종교적 숭배 대상이 된 경우도 있어 역사 연구로 인정받지 못하고 비난받은 적도 있었다. 이런 일을 여러 번 반복하다 보니 우리나라 역사의 뿌리를 찾고 싶다는 열정은 점점 식어 갔다.

아무도 인정해 주지 않는 역사 연구로 인해 자존감은 점점 낮아졌고, 성과 없는 학문 연구는 제대로 된 직장마저 가지지 못하게 했다. 마음속 나약한 의지는 계속해서 변명을 만들어 냈다. 결국 모든 것을 포기하고 고조선 연구로부터 도망쳤다.

　최근 들어 기사와 책을 통해 열정 가득한 역사학자들의 고조선에 관한 새로운 연구를 접하게 되니 참으로 반가운 마음이다. 심지가 약했던 과거의 나를 떠올리면 부끄러운 마음이 들기도 하지만 말이다.

　국외에서는 중국의 동북공정 상황, 국내에서 고조선을 부정하는 학계의 핍박 속에서도 꿋꿋이 연구를 이어 가는 역사학자들에게 응원을 보낸다. 그들의 연구가 빛을 발해 학생들이 교과서를 통해 고조선 역사를 상세하게 배울 수 있기를 바란다.

토끼의 지혜는 '생존'이다

판소리계 소설 〈토끼전〉 & 구(귀)토 설화

우리나라의 대표적인 전래동화 '토끼와 자라(거북이) 이야기'를 모르는 사람은 없을 것이다. 용왕의 병을 고치기 위해 토끼의 간을 구하려는 자라가 토끼를 속여 용궁으로 데려갔다. 용궁에 도착해 진실을 알게 된 토끼는 꾀를 내어 자기 간은 육지에 있다고 말했다. 토끼는 모두를 속이고 자라와 함께 육지로 돌아와 유유히 도망갔다.

토끼와 자라(거북이) 이야기, 즉 구토지설(龜兔之說)은 인도의 불교 설화에서 전래했다고 한다. 〈삼국사기〉에서 훗날 태종 무열왕이 되는 김춘추가 위기로부터 자신을 구한 일을 기록한 부분에서 토끼와 자라(거북이) 이야기를 찾아볼 수도 있다.

신라 진흥왕 때 백제군에 의해 김춘추의 사랑하는 딸 고타소가 죽고, 신라는 위기에 처했다. 김춘추는 백제를 공격하기 위해 고구려에 병력을 요청하러 갔지만, 오히려 사로잡혔다. 하지만 고구려의 신하 선도해가 들려주는 토끼와 자라 이야기에서 고구려를 빠져나갈 계책을 떠올렸다.

토끼와 자라 이야기는 조선 후기에 작자 및 연대 미상의 우화소설로 재창작되었고, 판소리로도 불렸다. 〈토끼전〉은 백성이 카타르시스를 느끼는 최고의 희극이었는지도 모른다. 토끼의 간으로 병을 고치려는 용왕과 자라는 백성의 희생을 가벼이 여기는 지배층이고, 기발한 꾀로 위기에서 벗어난 토끼는 살아남고자 하는 백성의 지혜를 보여 주니 말이다.

문득 자라의 등을 타고 지상으로 온 토끼의 심정이 어땠을지 궁금하다. 벼슬을 받고자 하는 허황된 욕심을 버리고 이제 바다 근처에는 절대 가지 않으리라 다짐했을까? 자신을 속여 해코지하려 한 용왕과 자라에게 분노했지만 제대로 된 응징을 할 수 없는 처지에 한탄했을까?

토끼가 등장하는 옛이야기는 언제나 통쾌했다. 호랑이처럼 대적할 엄두가 나지 않는 맹수도 지혜를 발휘해 한 방에 무너뜨리고, 커다란 권력을 가진 용왕과 그를 따르는 자라가 만들어 낸 함정에서도 기가 막힌 술책으로 거뜬히 빠져나왔다.

나는 언변과 지략이 뛰어난 동물인 토끼를 사랑했다. 생태계의 최하위층에 속하는 토끼가 위험천만한 순간을 재치 있게 벗어날 때마다 환호했다.

대학을 졸업하고 사회에 첫 발을 내디뎠을 때, 이야기 속 토끼처럼 잘 해낼 수 있을 것이라 믿었다. 내세울 것 하나 없지만, 나만의 방식으로 잘 헤쳐 나갈 것이라는 자신감이 있었다. 하지만 인생이라는 건 쉽지 않았다. 나는 수많은 토끼 중에서 가장 어리숙하고 연약한 토끼라는 것을 체감했다. 용왕 또는 호랑이처럼 군림하는 상사, 자라처럼 감언이설로 뒤통수치는 직장 동료 사이에서 종종 눈물을 훔쳤다.

몇 년 후 이직을 거듭하다가 학원 및 과외 강사로 일했다. '회사 안은 전쟁터, 회사 밖은 지옥'이라는 말처럼 프리랜서 생활은 녹록지 않았다. 하지만 처음부터 혹독한 사회생활을 경험했던 나는 마음의 맷집이 꽤 두터워져 있었다. 더는 당하기만 하는 사람이 아니었다.

학원과 계약할 때도 채용 담당자의 수를 읽고, 겸손하지만 성실한 척 연기하면서 내 능력을 어필했다. 과외 상담을 할 때도 학부모와 학생이 각자 원하는 조건과 요구가 다르면 눈치껏 서로의 의견을 조율해 수업에 만족할 수 있도록 맞춰 나갔다.

상황에 따라 아부를 떨거나 능청스러운 행동도 했다. 부당한 대우를 받거나 손해를 보는 상황이 생기면 악을 쓰고 독하게 굴었다. 사실 마음속으로는 떨고 있었지만 말이다. 항상 불안해하고 긴장한 채로 지냈지만, 겉으로는 절대 티를 내지 않았다.

불현듯 토끼의 지혜는 각박한 현실에서 생존하고자 하는 의지에서 나온다는 생각이 들었다. 든든한 배경도 특출한 능력도 없는 약자가 살벌한 포식자 사이에서 살아가기 위해서는 토끼처럼 굴어야 한다. 360도로 볼 수 있는 눈을 동그랗게 뜨고, 길쭉한 귀를 곤두세우며, 뒷다

리에 힘을 실어 도약할 준비를 하는 토끼가 되어야 한
다.

　현재 토끼와 다름없는 인생을 살아가는 사람들에게 깊
은 공감과 연민의 감정을 느낀다. 살아 있다고 해서 저
절로 살아지는 건 아니었다. 살아 낸다는 것은 살아 있
는 존재들의 고행이었다.

　그래도 나는 '토끼'를 꿈꾼다. 난세에 어떻게든 버텨서
생존하는 토끼가 옛사람들의 꿈이라면, 좋은 세상을 만
들어 간을 빼앗길 걱정 없이 살아가는 토끼는 현시대를
살아가는 우리의 꿈이 되어야 한다.

　지금 나는 등에 새끼까지 업은 엄마 토끼라서 옴짝달
싹할 수가 없다. 잃고 싶지 않은 것이 더·많아졌고, 아군
보다 적군이 더 많은 세상에 대한 두려움과 걱정도 점점
늘어 간다. 하지만 간을 빼앗길지언정 당당하고 용감한
토끼가 되고자 한다. 지식과 정보의 홍수에서 새빨간 눈
과 커다란 귀로 거짓과 진실을 가려내며 살고 싶다. 사
회적 문제와 구조적 모순 앞에서 기다란 뒷다리로 발차
기를 하고 싶다.

‘어떻게 살아남을 것인가?’라는 생존 본능이 아니라, ‘어떻게 살아갈 것인가?’라는 신념을 지키며 나아가고 싶다.

그래 봤자 소시민의 삶을 대변하는 토끼는 거대한 권력의 맹수에게 한 입 거리밖에 안 된다고 말하는 사람들도 있겠지만, 한 치 앞을 알 수 없는 게 세상일이다.

수만 가지 지혜로 위기를 극복해 나가는 토끼의 각성이 세상을 어떻게 바꿀지는 더 두고 봐야 하지 않을까?

행복해지려는 욕심에 행복한 척하다가

구복여행 설화

옛날부터 사람들은 행복을 대하는 방식과 구하는 방법에 관심이 많았다. 우리나라를 비롯해 중국, 일본 그리고 서유럽에 널리 퍼져 있는 설화 유형이 있는데, 바로 복(행복)을 찾으러 떠나는 '구복여행' 이야기다. 특히 우리나라의 구복여행 설화는 옛사람들의 행복에 대한 가치관을 보여 준다.

가난한 도령(석숭이)이 신에게 복을 빌러 길을 떠났다. 길을 가던 중에 한 여인(노처녀 또는 과부)이 어떻게 하면 배필을 만나 혼인할 수 있는지 물어봐 달라고 청했다. 또 길을 가다가 만난 이무기는 자신이 용이 되지 못한 이유를, 노인은 배나무에 배가 열리지 않는 이유를 물어봐 달라고 했다. 신을 만난 도령은 이들을 대신해 질문했고, 답을 얻은 뒤 돌아가는 길에 그들에게 전해 주었다. 노인은 배가 잘 열매 맺을 수 있도록 배나무 밑에서 금덩이를 캐내 도령에게 주었다. 이무기는 자신이 가지고 있던 여의주 두 개 중 하나를 도령에게 주고 용이 되어 승천했다. 그리고 여인은 도령과 혼인했다.

구복여행 설화에서 보듯이 행복은 부귀영화나 권력 및 명예에서 오는 것이 아니다. 풍족한 삶을 바라지만 지나친 욕심은 부리지 않는 것, 그리고 자신만의 인연을 만나 가정을 이루고 함께 생을 보내는 것이 행복이다. 이처럼 단순하고 소박한 행복의 조건은 옛사람들이 자분자족(自給自足)하는 삶을 지향했다는 것을 보여 준다.

행복을 오해하고, 무너지다

공무원 시험에 불합격한 30대 남성이 가족과 지인들에게 합격했다고 말하고 1년 동안 거짓 출근을 하다가 결국 극단적인 선택을 했다는 기사를 봤다. 그 기사를 읽는데 가슴이 먹먹해졌다. 행복해지고 싶어서 공무원 시험이라는 선택을 했고, 행복한 척하려고 1년 동안 빚

을 내면서까지 거짓 출근을 했다는 사실이 너무나 안타
까웠다.

한편으로 우리나라의 새로운 위기를 단적으로 보여 주
는 사건이라는 생각도 들었다. '행복'과 '성공'을 동일시
하고, 타인에게 보여지는 행복을 기준으로 삼는 사람이
점점 늘고 있다.

그 결과, 사람들의 마음이 점점 무너지고 있다. 우울
증 및 불안장애 같은 심리적 질환을 앓거나 극단적인 선
택을 하는 경우도 많다. 서점에는 행복 방법론을 비롯해
마음을 치유하는 책이 쏟아져 나온다.

휴전 국가임에도 고도의 경제적 발전을 이룬 나라, 문
화 및 예술 방면에서 세계적인 한류 열풍을 일으키는 나
라 대한민국에 부정적인 꼬리표가 생길지도 모른다.

'불행한 사람들의 나라,
마음이 아픈 사람들의 나라 대한민국.'

한때 나도 그중 하나였다. 대학을 졸업하고, 취직한 다

음 적당한 때에 결혼과 출산을 하는 것이 행복의 궤도에
들어가는 조건이라고 생각했다. 하지만 전혀 행복하지
않았다. 새롭게 시작한 '엄마'라는 역할은 잘하면 당연
한 거고, 조금만 못하면 욕을 먹기 일쑤였다. 무엇보다
도 매일 아이에게 최선을 다하며 매달려 있음에도 불구
하고, 사람들은 그 수고를 인정해 주지 않았다. 헛헛한
마음이 들어 잠자는 시간을 쪼개 소셜 네트워크(SNS)를
들여다보기 시작했다.

'#첫뒤집기, #첫문화센터나들이, #첫걸음마.'

SNS에는 딱히 스스로 자랑할 할 일도 기념할 일도 없
어서, 아이의 특별한 순간만 업로드했다. 그리고 SNS
속 유명인의 게시물에 보이는 화려한 생활과 즐거운 나
날을 부러워했다. 그 후로는 코로나19 팬데믹 시기와 더
불어 산후 우울증 및 불면증으로 한동안 고생했다. 어느
날에는 삶의 의욕을 잃고 조용히 자주 울었다. 또 어느
날에는 무언가를 하지 않으면 안 될 것 같은 불안감에
먹지도 자지도 않고 집안일을 하거나 공부를 했다. 그러
다가 이런 생각이 들었다.

'나는 진정한 행복이 무엇인지 제대로 알고 있는 걸까?

행복한 내 모습을 타인에게 인정받고 싶은 것일까, 아니면 그저 행복해지고 싶은 것일까?'

그제야 자신만의 행복이 아닌 타인의 시선에 기대는 행복을 맹신하다가는 참혹한 결과를 맞이할 수 있다는 사실을 깨달았다.

우리는 실수와 실패에 관대하지 못한 사회, 뭐든 경쟁해서 이기려는 사회에서 살아가고 있다. 이 사회에서 '행복'이라는 금메달을 얻기 위해 경주하는 중이다. 경주에서 진 사람들은 더 이상의 기회가 없다고 생각하기에 다시 일어서기가 힘들다.

자신을 행복하게 하는 것을 탐색하는 출발점은 재빨리 건너뛴 채 '행복해지려면 무언가를 해야 한다'라는 지점을 향해 질주만 할 때가 많다.

나는 오랜 고민 끝에 나다운 삶이 행복이라고 결론을 내렸다. 외부의 시선으로 바라보는 '나'가 아닌, 내 안에 있는 본연의 '나'를 알아 가는 공부를 시작했다.

농부가 밭을 가꾸는 일에 게으름을 피우면, 그 밭은 어

떤 작물을 키웠는지 전혀 알 수 없을 정도로 잡초가 잠
식해 버린다. 세상 속에서 '나다움'을 지키는 것 또한 마
찬가지다. 일시적 쾌락과 탐욕이 '행복'의 탈을 쓰고 우
리를 기만하는 세상에서 부지런한 농부가 되어야 한다.
매일 '참된 행복'에 가까워지기 위한 질문을 스스로 던
져 본다.

    '오늘 느꼈던 소소한 기쁨과 감사함은 무엇인가?'
    '진정 원하는 삶의 방향으로 조금씩 나아가고 있는가?'

카르페 디엠(Carpe diem),

지금 이 순간에 충실하라

구복여행 이야기 속의 노인과 이무기는 진정으로 원
하는 행복을 이루기 위해 재물을 더 소유하기는커녕 가
지고 있던 것을 내놓았다. 여인과 도령 또한 자신이 원
하는 것이 멀리 있거나 또는 어려운 일이라 생각했지만,
스치는 인연으로 서로에게 '복'이 되어 주었다.

행복하기 위해서는 욕심부리지 말고, 제 분수만큼만
주머니를 채우고 살며, 행복은 항상 가까이에 감춰져 있

으니 멀리서 찾지 말라는 조언을 건네는 듯하다.

20대 중반에 대만의 스펀 지역에 가서 천등 날리기 체험을 한 적이 있다. 소원을 적은 천등을 하늘에 직접 날리는 체험이었다. 내가 천등에 적은 소원 문구는 '카르페 디엠'(Carpe diem)이었다. 당시에 유행하던 문구였기에 나 말고도 '카르페 디엠'이라 쓰인 천등 서너 개가 이미 하늘 위에 떠올라 있었다. 진부했지만 어렵게 이직한 후 처음으로 간 해외여행이기에 이보다 더 좋은 문구는 없다고 생각했다. 돌이켜보면 내 인생의 행복한 순간 중 하나였다.

행복은 온전한 한 덩어리로만 존재하는 것이 아닐 수도 있다. 신이 '행복'이라는 덩어리를 잘게 부수어 일상의 소소한 기쁨으로 나눠 주는 상상도 해 본다.

그래서 행복을 한꺼번에 모두 가지겠다고 조바심을 내거나 욕심을 부리지 않으려고 한다. 어렸을 적, 하루에 한 개만 먹을 수 있는 종합 과일 맛 사탕처럼 작은 행복의 순간을 천천히 음미하며 살고 싶다.

'엄마'의 품격

서사무가, 삼승할망본풀이

우리나라 무속 신화(서사무가)인 '삼승할망본풀이'는 제주도에서 자식의 출산과 양육을 비는 굿으로 행해졌다.

죄를 지어 용궁에서 쫓겨난 '동해용왕따님애기'는 아기를 낳게 하고 보살피는 '삼승할망'이 되고자 했다. 그러나 그녀는 아기를 해산하는 방법을 몰라 겨드랑이에서 아기를 꺼내려 했고, 이때 현명하기로 소문난 '명진국따님애기'가 도움을 주어 해결할 수 있었다.

결국 둘은 삼승할망 자리를 두고 다투었다. 이를 보다 못한 옥황상제는 꽃씨를 주고, 번성꽃을 피우게 하는 자를 삼승할망으로 삼을 것이라 말했다. 동해용왕따님애기는 시든 꽃만 피워 내고, 명진국따님애기는 4만 6,000가지의 번성꽃을 피워 냈다.

명진국따님애기가 삼승할망이 되자, 화가 난 동해용왕따님애기는 번성꽃을 꺾으며 아기들이 태어나면 100일 전에 수많은 질병을 앓게 하겠다고 말한다. 그러자 삼승할망(명진국따님애기)은 아기가 태어나면 동해용왕따님애기를 위한 음식상을 차리게 하겠다며 화해의 손길을 내밀었다. 그 후 동해용왕따님애기는 죽은 아이를 데려가는 저승할망이 되었다.

동해용왕따님애기와 명진국따님애기라는 두 여신이 각각 아이를 잉태하고 출산하게 하는 삼승할망과 죽은 아이를 보살피며 저승으로 인도하는 저승할망이 되는 과정은 마치 여성이 어머니가 되어 가는 것과 비슷해 보인다.

삼승할망본풀이 이야기에서는 명진국따님애기가 삼승할망이 되어 가는 영웅적 면모보다 명진국따님애기와 동해용왕따님애기의 관계에 더 초점을 맞춘다. 서로 대립하던 여신들이 화합해 태어난 아이와 죽은 아이를 보살핀다는 결말에서 이야기의 전승자인 옛 어머니들의 포용력과 공동체 정신이 보인다.

엄마로서의 품격

'여적여. 여자의 적은 여자다!'

현재는 '여적여'가 난무하는 세상이다. 여적여는 여성 간의 질투와 시기, 적대감 및 적대적 행위를 의미하는 말로 정당한 경쟁 대신 중상모략하는 여성들에 대한 부정적인 인식이 내포해 있다.

과거에는 여적여라는 말이 불쾌했다. 자기 능력을 입증받기 위해 때로는 회사 동료 사이에서 치열한 경쟁을 해야 하는 경우가 있다. 그런데 유독 여성 그룹의 경쟁을 쓸데없는 기 싸움으로 비난하는 사람이 많았다.

하지만 한 아이의 엄마가 된 후 여적여에 대한 생각이 조금 달라졌다. 아이가 백일이 지나면서 동네 엄마들 모임에 처음으로 참여했다. 나처럼 아이를 키우는 다른 엄마들을 만나 육아에 대한 고충을 나누고 정보도 공유하면 좋을 것 같아서였다.

처음에는 모임에서 육아라는 공통 관심사에 관해 대화도 하고, 함께 공동육아도 하며 즐거운 시간을 보냈다. 그러나 점점 시간이 지나면서 엄마들과의 사소한 갈등으로 불편하고 마음 상하는 일이 생겼다.

특히 자기 마음대로 편 가르기를 하며 사람들을 조종하려는 소위 ‘여왕벌 놀이’를 하는 엄마로 인해 모임 분위기가 어수선해졌다. 엄마들 사이에 여러 무리가 만들어졌고, 해당 무리에서 배제된 엄마는 뒷담화의 대상이 되었다. 또 엄마들은 아기 띠, 유모차, 기저귀 등 육아용품과 육아 방식을 서로 비교하고, 상대의 흠을 찾아내려고 애를 썼다.

이런 관계에 점점 지쳐 갔다. 속상해하는 내게 가족들은 일희일비하지 말고, 동네 모임 엄마들과 절교하면 해결된다고 했다. 하지만 초등학생 아이를 둔 친구는 정반대 조언을 해 주었다.

아이가 점점 커 갈수록 엄마들끼리 부딪치는 일이 더 많아질 것이고, 그렇다고 해서 엄마들 모임에서 멀어지

면 아이한테 피해가 갈 수도 있으니 불편하더라도 적당
한 선에서 모임에 참여하는 것이 좋다고 했다.

복잡한 마음으로 꾸역꾸역 모임에 참여한 어느 날이었
다. 한 엄마가 자기 아이보다 먼저 걸음마를 시작한 아
이를 보고 시샘에 못 이겨 말했다.

“걸음마를 일찍 하는 애들은 안짱다리가 되는 경우가
많다던데.”

더는 참을 수 없었다. 천사처럼 예쁜 아이를 키우는 엄
마들이 유치하고 못된 말만 골라서 내뱉는 것에 분노가
치밀었다. 정신없이 서둘러 집으로 돌아온 나는 스스로
되돌아봤다. ‘엄마’라는 폐쇄적인 세계에 갇혀 ‘엄마’들
을 미워하고, 그 ‘엄마’들로 인해 괴로워하는 내 모습이
보였다.

‘엄마’라는 역할은 만만치 않다. 엄마는 아이에게 완벽
한 세상이 되어 주기 위해 필사적으로 노력하지만, 언제
나 최선의 결과를 얻어야 좋은 엄마가 된다는 압박감에
사로잡혀버리기 쉽다. 그렇기에 엄마의 마음은 항상 불
안하다. 사소한 일에도 예민해지고, 한없이 우울해지는

날이 많다.

그렇다고 해서 동병상련인 다른 엄마들을 짓밟고 우위를 점하면 공허한 마음이 채워지고 자존감이 회복될 수 있을까? 엄마와 엄마는 경쟁하는 관계가 되어서는 안 된다. 서로를 헐뜯고 싸워서 이긴다고 한들 더 좋은 엄마가 되는 것이 아니기 때문이다.

아이를 낳는다고 해서 다 똑같은 엄마가 아니다. 엄마는 아이를 양육하는 중요한 역할을 하는 만큼 그에 맞는 품격이 있어야 한다. 무엇보다도 엄마의 품격은 명진국 따님애기의 넓은 마음에서 비롯되어야 할 것이다.

엄마들은 같은 목표를 향해 협력하고 마음을 나누는 '동지'가 되려고 노력해야 할 필요가 있다. 또한 아이를 위해, 엄마 자신을 위해 마음의 품을 확장시켜 나가야 한다.

그래야만 엄마라는 세계가 더 평온할 것이고, 사회에서 색안경을 쓴 시선으로 엄마들을 비하하는 일도 점차 사라질 것이다.

엄마로서 사는 것이 얼마나 고단한 일인지 절실히 공감하고 있다. 육아하면서 자신을 희생할 수밖에 없는 고통, 그에 비해 합당한 대우를 받지 못하고 지적만 받는 것 같은 억울함을 누구보다 잘 안다.

그러나 지구가 삐딱하다고 해서 사람까지 삐딱해질 필요는 없다. 인정받지 못하고 대우가 만족스럽지 않다고 해서 자신의 역할에 대한 가치를 폄훼해서는 안 된다. 엄마들도 품격을 갖추어 스스로 존엄을 지켜야 한다. 그럴 때 엄마들이 존중받는 세상이 더 빨리 다가올 것이라 믿는다.

부모의 '업'과 '덕'은 나무 한 그루 차이다

나도밤나무 설화 & 율곡 이이 관련 설화

5,000원권 화폐 속 인물인 율곡 이이는 조선 중기를 대표하는 정치가이며 학자다. 또 5만 원권 화폐 인물인 신사임당의 아들이기도 하다. 우리나라 인물 설화 중에는 이이와 관련된 설화가 많은데, 그중 하나가 바로 나도밤나무 설화다.

율곡 이이의 아버지 이원수가 한양에서 강릉(신사임당이 있는 곳)으로 가다가 주막에 들렀다. 그 주막집 여주인은 예지력이 있는 사람이었는데, 이원수의 아들이 호랑이에게 잡혀먹힐 팔자라고 했다. 이원수가 아들을 살릴 묘책을 알려 달라고 부탁하니, 밤나무 1,000그루를 정성껏 심은 다음 노승이 아들을 찾거든 밤나무 1,000

그루를 보여 주라고 했다. 이원수는 주막집 여주인의 말대로 밤나무 1,000그루를 심었고, 몇 년 동안 이를 잊고 살았다.

어느 날 노승이 찾아오자 이원수는 밤나무 1,000그루를 보여 주었다. 그런데 밤나무 1,000그루 중 한 그루가 썩어서 없어진 상태였다. 노승은 밤나무 한 그루가 부족하니 아들을 내어달라고 했다. 그때 나무 한 그루가 외쳤다.

"나도 밤나무다!"

그러자 노승은 호랑이로 둔갑해 도망갔다.

자기도 밤나무라고 주장하는 나도밤나무는 사실 밤나무과에 속하지 않는다. 일반 밤나무와 나뭇잎 등의 생김새도 다르고, 심지어 열매는 먹지도 못한다.

밤나무와 전혀 관련 없는 나도밤나무가 이이를 살리기 위해 밤나무를 자처하는 지혜를 발휘한 것이다. 그렇다면 나도밤나무가 굳이 이원수 부자를 위기에서 구해 준 이유는 무엇일까?

이원수가 밤나무 1,000그루를 정성껏 심은 행위는 일종의 덕을 쌓은 것이라는 생각이 든다. 옛말에 '부모가 덕을 쌓으면 자식에게 복이 간다' 또는 '덕을 쌓은 사람은 당해낼 자가 없다'라는 말이 있듯이, 선행을 베풀고 덕을 쌓는 적선적덕(積善積德)의 힘은 옛사람들의 오래된 가르침이었다.

부모의 '가짐'이 아이에게 가장 큰 스승이다

아이는 부모가 가지고 있는 것을 따르며 자라난다. 부모의 말가짐, 몸가짐, 마음가짐을 보고 배우며 어른이 되어 간다.

그렇기에 한 사람의 인생 지도에 적어도 3분의 1 정도를 차지하는 부모의 역할은 올곧은 생각과 따스한 마음으로 이루어져야 한다. 그래야 부모가 사랑하는 아이도 진정으로 행복할 수 있으니까 말이다.

오늘날 일부 부모는 선행(善行)으로 모범을 보이기는커녕 자녀의 선행(先行) 학습에만 치중한다. 아이들의 생각과 마음을 보듬어 줄 스승을 찾아주기보다 성적을 올려 줄 일타 강사를 찾는 데 급급하다. 고액을 투자해 더 나은 학군지와 학교 그리고 사교육을 시켜 주는 것을 부모의 지극한 정성으로 포장한다.

착하고 마음이 건강한 것보다 똑똑한 아이로 키워야 한다는 부모의 집념 때문에 마음이 아픈 아이가 늘어나고 있다. 그 아이들이 자라 불행한 어른이 될까 염려가 된다.

우리나라를 비롯해 전 세계적으로 문제가 되고 있는 학교 폭력 사건의 급증도 아이들의 마음에 문제가 있다는 것을 여과 없이 보여 준다. 미국에서는 여덟 살밖에 되지 않은 소년이 학교 폭력에 시달리다가 스스로 목숨을 끊었고, 프랑스 파리의 센강에서는 또래 친구들에게 괴롭힘을 당하다가 죽임당한 소녀의 시신이 떠올랐다.

우리나라도 마찬가지다. 하루 평균 수십 건씩 학교 폭력 사건이 발생해 심각한 사회 문제가 된 지 오래다. 세계의 몇몇 나라에서는 학교 폭력에 대한 처벌을 가해자의 부모까지 확대하고 있는데, 우리나라는 이 같은 추세를 역행하고 있다.

교사가 가해자 학생 부모에게 피해자 학생과 부모의 신상을 넘기고, 가해자 학생 부모는 이를 이용해 피해자 학생과 부모를 협박하는 사건이 있었다. 이 같은 파렴치한 행동은 자식에 대한 사랑으로 왜곡되어 정당화된다. 결국 못난 어른들의 잘못은 아이들에게 되돌아온다. 피해자 학생은 학교 폭력에 대한 상처가 아물지도 않았는데, 가해자 학생 부모에 의해 2차 가해를 받게 된다. 가해자 학생도 자기 부모 때문에 진심으로 잘못을 뉘우치는 법을 배우지 못하게 된다.

불교에는 '업'(業)이라는 말이 있다. 선행과 악행에 상응하는 결과를 무조건 받게 된다는 이치다.

사랑하는 우리 아이가 어른이 되어서도 잘 살면 좋겠고 행복하기를 바라는 마음은 충분히 이해된다. 그 또한 사랑이라는 것을 잘 안다. 하지만 아이가 커서 스스로가 수긍하는 행복을 찾고 올바른 삶의 방향으로 나아가려면 부모로서 어떤 업을 쌓아 가며 살아야 하는지 되돌아보는 시간이 필요하지 않을까?

마고할미의 치맛자락을 부여잡고

우리 민족의 창세 여신, 마고할미

텃세, 먼저 자리를 잡은 사람이 뒤에 들어오는 사람에 대해 가지는 특권의식이나 업신여기는 행동을 말한다.

텃세는 외부의 위험으로부터 자신과 자기 무리를 지키기 위한 방어적 본능일 수 있다. 하지만 새롭게 유입된 사람을 경계하고 괴롭히는 잘못된 관습으로 변질되기도 한다.

텃세를 부리는 사람들은 어디에나 있다. 알제리에서 발생한 대형 산불 진화에 도움을 주려 했던 외지인 화가는 오히려 방화범으로 몰려 마을 주민들에게 폭행당해 세상을 떠났다.

세계적인 그림책 작가 에릭 칼(Eric Carle)은 독일계 삽화가 출신이라는 이유로 미국의 일부 그림책 작가 협회에서 배척당했고, 수상 자격 또한 얻지 못했다는 소문이 무성했다.

우리나라의 텃세는 고유한 공동체 문화라 해도 과언이 아니다. 새로운 동네로 이사할 때도 텃세, 특정 취미 활동을 하는 공간에서도 텃세, 갓 취직한 신입한테도 텃세….

작년 여름, 제주도에 오래 머물면서 텃세를 겪었다. 유치원 적응을 힘들어하는 아이와 병원을 제 집처럼 드나들며 심신이 피폐해진 나를 위해 제주도로 떠났지만, 그 과정 또한 쉽지 않았다.

제주도에 도착한 첫날, 아이는 열감기를 심하게 앓았다. 낮에는 그나마 잘 놀고 잘 먹으며 괜찮았는데, 밤이 되자 열이 40도까지 치솟았다. 나 또한 아이 때문에 신경을 너무 쓴 탓인지 종일 기침을 했다.

설상가상으로 우리가 묵던 동네의 어르신들에게 미움을 사는 일이 발생했다. 쓰레기 분리수거를 위해 클린

하우스(제주도 내 생활쓰레기 처리 시설)에 갈 때 핸드폰과 대문 열쇠를 챙기지 않은 것이 실수였다. 집 대문은 항상 열려 있었고 클린하우스가 바로 뒤편에 있었기에 재빨리 쓰레기를 버리고 돌아오면 아무 문제가 없으리라 생각했다. 아이와 함께 쓰레기를 버리고 돌아오니, 바람이 불어 대문이 닫혀 있었다.

집주인 아저씨와 아주머니도 외출 중인지 보이지 않았고, 한창 밭일이 바쁠 때라 그런지 다른 사람들도 보이지 않았다. 이웃집에 인기척이 있었지만, 그곳에 사는 할머니는 인사도 받지 않고 시종일관 냉랭한 태도를 보이는 것이 마음에 걸려 찾아가기가 꺼려졌다.

"엄마, 도와줘! 나 무서워."

대문을 열 방법을 찾으려고 집 주변을 두리번거리는데, 아이의 울음 섞인 목소리가 들려왔다. 하지만 아이의 모습은 보이지 않았다. 애타게 이름을 부르니 돌담 안쪽에서 아이의 머리가 보였다.

아이는 대문을 열려고 대문 손잡이를 연신 당기고 있는 나를 도와주고 싶었나 보다. 운동 신경이 좋은 편인 아이는 대문 옆 돌담을 재빨리 올라가 마당 안쪽으로 뛰어내렸다. 대문을 열어 주기 위한 나름의 생각에서 이어진 행동이었다. 그러나 돌담 안쪽 가장자리에 가시덤불이 가득하다는 것을 예상하지 못했다. 다행히 아이가 착지한 자리에는 가시덤불이 없어서 다치지 않았다. 하지만 아이는 자신을 둘러싸고 있는 가시덤불을 보자 공포에 휩싸여 나를 불렀다.

깜짝 놀란 나는 아이를 구하기 위해 돌담을 올라가려고 애를 썼지만, 뜻대로 되지 않았다.

담은 내 어깨높이 정도였고 돌담 곳곳에 틈이 있는데도 발을 딛는 것조차 힘들었다. 이내 이틀 전 욕실에서 넘어져 다친 허리에서 찌릿한 통증이 느껴졌다. 돌담을 넘으려고 시도했지만 계속 실패했다. 시간이 지체되자 아이는 자지러지게 울기 시작했다.

어쩔 수 없이 이웃집 할머니를 찾아가 사정을 말씀드리고 사다리나 의자를 빌려 달라고 부탁했다. 그러자 할머니는 화난 표정으로 팔짱을 낀 채 알 수 없는 제주도 방언으로 혼잣말하더니 현관문을 닫았다. 다시 문을 두드렸다. 아이가 놀라서 울고 있으니 제발 도와달라고 하니 할머니는 도둑놈처럼 왜 담을 넘었냐고 호통을 치셨다.

재차 도와달라고 부탁하니 할머니는 못마땅한 표정을 지으며 마당 창고에서 사다리를 하나 꺼내 주었다. 나는 사다리를 이용해 겨우 돌담을 넘었고, 아이를 무사히 데리고 나올 수 있었다. 아이는 너무 놀란 까닭에 이틀 내내 밖에 나가려 하지도, 내 품을 떠나려 하지도 않았다.

며칠 후 바닷길을 산책하고 동네로 돌아오는데 사람들이 우리를 주시하는 것 같은 기분이 들었다. 동네 어르신들은 우리가 지나갈 때마다 쑥덕대며 경계하는 시선으로 바라보는 것 같았다. 동네 어르신 중 한 분과 눈을 마주친 아이가 인사해도 잘 받아 주지 않았다.

그 이유는 금세 알아차릴 수 있었다. 동네 어르신들은 일부 관광객의 고성방가와 쓰레기 투기 같은 문제에 시달린 탓에 우리 같은 외지인이 동네에 머무는 것을 탐탁스러워하지 않았다. 거기다가 돌담을 넘는 소동을 피웠으니, 막돼먹은 불청객으로 소문나기 딱 좋았다.

살면서 수많은 텃세를 겪었다. 구부러지는 것보다 부

러지는 것에 가까운 내 성격 탓에 텃세에 대한 시작과 끝은 항상 나빴다.

하지만 이번엔 아이와 함께 있기에 해피엔딩이어야 했다. 삶의 에너지를 얻기 위해, 마음의 치유를 위해 어렵사리 제주도에 왔는데 동네 사람들의 눈칫밥만 먹을 수는 없었다. 아이에게 속상한 추억을 남기게 할 수는 없었다. 그들에게 받아들여져야 했다.

결의를 다지기 위해 제주도의 어머니 신 설문대할망을 찾아갔다. 제주도 사람들이 아이의 복을 빌기 위해 자주 방문한다는 관음사에는 설문대할망 소원돌이 있다. 소원돌을 쓰다듬으며 우리가 제주도에서 잘 지낼 수 있기를 간절하게 빌었다.

매일매일 집 근처 바닷가나 관광지에 가서 아이와 함께 쓰레기도 주웠다. 제주도에 온 김에 해양 환경 보호 단체를 통해 플로깅(plogging, 쓰레기 줍기 활동)을 할 계획이었다. 하지만 우리가 사는 곳과 먼 거리에서 활동할 때가 많아 자주 참여하기 어려웠다. 그래서 아이와 함께 동네에서 플로깅하면서 환경보호에 작은 보탬도 되고, 동네 어르신들에게 인심도 얻고자 했다.

동네에서 마주치는 모든 사람에게 밝은 표정과 큰 목소리로 인사했다. 이상하게 쳐다보는 사람도 있고, 아예 무시하는 사람도 있었다. 시끄럽다고 혼이 난 적도 있었다. 하지만 예상했던 일이었기에 개의치 않았다.

제주도에 온 지 보름째 되던 날, 동네를 산책하다가 바다 노을이 예뻐서 발걸음을 잠깐 멈췄다. 그때 백발의 할머니 한 분이 다가와 어디서 왔냐고 물었다. 주인집 아저씨와 아주머니를 제외하고 동네 토박이 어르신이 우리에게 먼저 말 건넨 것은 처음이었다. 반가운 마음에 할머니에게 이 얘기 저 얘기를 두서없이 늘어놨다. 할머니는 아무 말 없이 그저 우리를 지그시 바라보며 자상한 미소만 지었다.

잠시 후 다른 어르신들과 주민이 몇 분 더 왔는데, 모두 할머니를 공손한 말과 태도로 대하는 것 같았다. 추측이지만, 할머니는 동네에서 최고령 큰 어르신이자 한때 상군 해녀(해녀들의 우두머리)이었던 것 같았다. 제주도 방언 때문에 정확히 알아듣지는 못했지만, 할머니는 나를 가리키며 애기 엄마랑 애기를 잘 챙겨 주라는 말을 여러 차례 했다.

그날 이후 동네에서 우리를 알은척하는 사람이 점점 많아졌다. 갑작스러운 비 때문에 바닷가에서 모래놀이를 하지 못하게 된 아이가 울면서 동네를 지나가면, 어르신들이 달래며 사탕을 쥐여 주기도 했다. 바닷가 근처에서 쓰레기를 줍는 우리에게 오늘은 파도가 사나우니 당장 집으로 들어가라며 걱정해 주는 주민도 있었다.

시간이 흘러 제주도를 떠나기 하루 전날, 마주치는 동네 사람들이 벌써 가냐며 아쉽다고 말을 건네고 아이에게 시원한 아이스크림을 사 먹으라며 용돈도 줬다.

제주도를 떠나기 전에 다시 관음사를 찾았다. 예전보다 여유로운 마음으로 방문한 까닭일까? 보이지 않던 것들이 보이기 시작했다.

영화나 드라마 촬영이 끊이지 않을 정도로 크고 아름다운 절 관음사에 있는 설문대할망의 자리는 아담해 보였다. 사람들은 설문대할망의 소원돌에 빌기 위해 자주 찾아오지만, 정작 소원돌이 있는 장소에는 설문대할망의 신상은커녕 햇빛 가림막조차 없었다. 문득 이런 생각이 들었다.

‘나처럼 받아들여지기를 원하는 마음도 있겠지만, 제주도의 토착 신인 설문대할망처럼 내어줄 수밖에 없는 마음도 있겠구나.’

기어코 내어주는 마음, 마고할미

새롭게 터전을 일구러 온 무리와 이미 정착한 무리가 함께 살아가는 과정, 더불어 토착 신앙에 새로운 종교를 덧대는 것은 지극히 자연스러운 역사적 순리다. 또한 우리나라의 역사와 문화, 사상은 이 같은 변화를 통해 탄생하고 성장해 왔다.

하지만 숲이 아닌 나무를 보려 한다. 잠시 제주도의 어머니 신인 설문대할망의 편이 되어 이야기를 들어보려고 한다.

예부터 우리나라에는 만물을 창조하는 여신이자 수많은 이름을 가지고 있는 ‘마고할미’ 설화가 많았다. 마고할미는 땅과 산천을 만들고, 어려움을 겪는 사람들을 도와주는 여신의 모습을 하고 있다. 지금도 백일 된 아기를 위해 차린 삼신상, 해안 지역에서 바람을 다스리는 영등할미의 제례 등에서 살펴볼 수 있다. 그중에서도 설문대할망은 마고할미와 가장 닮은 분신이다.

제주도는 설문대할망의 보금자리이자 피조물이었다. 설문대할망의 치마로 흙을 나르며 만든 땅이 제주도다. 설문대할망은 한라산을 베개 삼아 눕고, 제주시 앞바다의 관탈섬과 한라산 꼭대기를 짚고 서서 빨래를 했다. 성산리 일출봉에 등잔을 올려 두고 길쌈을 했으며, 자신이 싼 오줌 줄기로 바다와 섬을 만들었다. 그 외에도 제주도의 지명 곳곳에는 설문대할망의 흔적이 남아 있다.

설문대할망 이야기에는 힘을 잃어 가는 어머니에 대한 애처로움이 있다. 설문대할망은 형제 500명을 먹여 살리기 위해 죽을 끓이다가 솥에 빠져 죽었다. 막내를 제외한 아들들은 죽을 다 먹은 후에야 그 사실을 알게 되었고, 슬픔을 견디지 못해 바위가 되었다.

또한 사람들이 설문대할망에게 옷을 지어 주려고 했으나, 옷감(명주)이 부족해 옷을 완성하지 못했다는 이야기, 키가 큰 설문대할망이 한라산의 물장오리(물장오리 오름의 산정호수)에 빠져 죽었다는 이야기 등에서는 사라져 가는 제주도 여신에 대한 사람들의 안타까운 마음이 오롯이 담겨 있다.

모계사회에서 부계사회로 변화하고, 불교와 유교가 번 갈아 가며 신성(神性)의 주인공 자리를 꿰차는 것에 대해 설문대할망 또는 마고할미는 끝까지 항전하고 싶었을까?

평양시 강동군 남쪽 구빈마을의 전설에서 마고할미의 결심을 짐작할 수 있다.

단군이 거느리는 박달족이 마고가 족장으로 있는 마고족을 공격했고, 전투에서 진 마고는 도망쳤다. 마고는 숨어서 몰래 단군을 지켜봤는데, 단군이 마고족에게 너무나도 잘해 주는 것이었다. 체념한 마고는 단군에게 투항하고, 단군은 마고와 장수들을 귀하게 여겼다.

결국 마고할미는 자신을 낮추고, 사람들의 안녕을 지켜 주는 길을 선택했다. 어찌 그리 속도 없이 다 내어주고, 모두 받아 주는 걸까? 바다처럼 깊고 넓은 마음을 가진 신이다.

잡힐 듯 말 듯 한 마고할미의 치맛자락을 부여잡고 이

야기를 나누고 싶다. 물어볼 것이 너무나 많다.

'우리는 어디에서부터 시작되었을까요?'
'옛사람들이 속삭이는 비밀이 무엇이었나요?'
'당신이 꿈꾸던 세상은 어떤 모습일까요?'

스쳐 가는 치맛자락에서 친숙하고도 애틋한 마음이 느껴지는 마고할미와 함께 담소를 나눌 수 있는 기회를 고대하고 있다.

‘엄마’라는 역할은 만만치 않다.
엄마는 아이에게 완벽한 세상이 되어 주기 위해
필사적으로 노력하지만,
언제나 최선의 결과를 얻어야
좋은 엄마가 된다는 압박감에
사로잡혀버리기 쉽다.

3부. 불혹,
'나다움'으로 향하는 여정

감은장 아기는
제 복으로 살고,
나는
'나'로서 살면 되는 거야

내 복에 산다

서사무가 '삼공본풀이'

제주 지역에 전승되는 무속 신화(서사무가) '삼공본풀이'의 감은장(가믄장)애기는 주체적인 인간상을 대표하는 인물이다.

가난한 부부에게서 감은장애기가 셋째 딸로 태어난 후 점점 살림이 부유해지기 시작했다. 시간이 흐르고 호강하며 살게 된 부부는 세 딸을 불러 누구 덕에 잘살게 되었느냐고 물었다. 첫째 딸과 둘째 딸은 부모님 덕이라고 말했지만, 셋째 딸은 자신의 복으로 잘살게 되었다고 말했다. 화가 난 부부는 감은장애기를 내쫓았다.

감은장애기는 마를 파는 삼 형제 중 마음씨 착한 첫째

와 혼인했고, 마를 파던 구덩이에서 금덩이와 은덩이를
발견해 큰 부자가 되었다. 감은장애기는 부모가 눈이 먼
채 거지가 되어 떠돈다는 소식을 듣고, 거지들을 위한
잔치를 열었다. 딸을 다시 만난 부부는 깜짝 놀랐고, 얼
떨결에 다시 눈을 뜨게 되었다. 이후 감은장애기는 운명
신(또는 전생인연의 신)이 되었다.

백제 무왕의 설화와 효녀 심청 이야기를 반반 섞어 놓
은 듯한 감은장애기의 서사에서 가장 중요한 것은 '주체
적인 삶'이다.

감은장애기는 언니들처럼 부모의 눈치를 보지 않고,
당당하게 자신의 복으로 산다고 말했다. 자기 복으로 산
다는 것은 타인이 아닌 자신이 정한 방식으로 살아가고,
그에 따른 결과 또한 스스로 책임지겠다는 것으로 해석
할 수 있다.

가부장적인 질서가 공고하고, 부모의 권위에 순종하는
것이 자식의 도리로 여기는 세상에서 그녀의 발언은 용
납되지 않았다. 뜻을 굽히지 않았던 감은장애기는 결국
내쳐진다. 가족과 함께하는 풍족한 생활을 뒤로하고 남
편과 함께 산으로 마를 캐러 다니는 아낙으로 사는 것이

무척 고단했을 것이다.

하지만 감은장애기는 모든 것을 감내하고 자신의 운명을 개척했다. 소신대로 남편을 선택하고, 남의 도움 없이 자기 힘으로 집안을 일으켜 세우고자 했다. 스스로 복을 일궈 내고, 오로지 자신을 의지하며 살아가야 한다는 신념이 변치 않았기에 감은장애기의 주체적인 삶이 완성될 수 있었다.

나답게 살기, 제2막을 향해

나다움, 주체성, 자기 탐구(self-digging).
삶의 주체성에 관한 키워드가 현재의 트렌드다. 본연의 나를 알아 가고, 나에게 맞는 삶의 방향과 생활 방식을 실천하려는 사람이 점점 늘고 있다는 의미다.

지난날의 나는 주체적인 삶을 잘못 알고 있었다. 첫 직장을 얻은 후 부모님으로부터 경제적으로 독립하고 자유롭게 여행을 다니면서 스스로 뿌듯해했다. 모든 것을 마음대로 선택할 수 있는 능력을 누리는 것이 주체적인 삶의 조건이라 오해했기 때문이었다.

　지금은 주체적인 삶을 다시 정의하고, 진정한 ‘나’를 알아 가고자 노력하는 중이다. 독서와 글쓰기를 통해 나를 탐구하면서, 나만의 앎과 삶을 만들어 나간다. 예전에는 삶의 방향을 제대로 잡지 못하고 방황한 적이 많았다. 사는 게 고달프고, 절망스러운 날도 가끔 있었다. 하지만 힘든 시절 덕분에 주체적인 삶을 실천하는 나를 만나게 될 수 있었기에 살아온 모든 나날이 소중하고 감사하다.

　감은장애기의 인생이 순탄치 않았던 것처럼 주체적으로 살아간다는 것은 꿩장히 어려운 일이다. 주어진 삶이 아닌 주도하는 삶을 사는 것은 지름길이 아닌 가시밭길을 헤치고 앞으로 나아가는 일에 가깝기 때문이다. 그래서 조금이라도 흔들리거나 방심하면 어느새 끌려가는 삶을 살게 된다.

　며칠 전에 꿈을 꾸었다. 황량한 들판에서 잃어버린 반지를 찾고 있었다. 사방을 둘러보며 반지를 한참 찾는데, 문득 반지가 어떻게 생겼는지 기억이 나질 않았다. 그래도 아주 비싼 반지였을 것이라고 확신했다. 반지 케이스가 아주 고급스러웠기 때문이다.

해가 저물 때까지 반지를 찾았다. 그리고 겨우 찾았다. 그런데 반지를 보고 놀랐다. 화려하고 진귀한 보석이 박혀 있으리라 기대했던 반지가 아니라, 아무 장식도 없는 밋밋한 실반지가 내 손바닥 위에 있었다. 그제야 깨달았다. 내가 그토록 회복하고자 했던 '나다움'은 미완성이었다는 것을 말이다.

불혹이 점점 가까워지고 있는 지금, 나는 내면의 동굴에 더 깊숙이 들어가 탐험할 예정이다. 어둠 속에서 드러난 나의 모습이 흉포한 괴물일까 봐 두려운 마음이 들기도 하고, 그쪽은 길이 아니라는 사람들의 외침에 망설여지기도 한다. 하지만 나를 알아 가고 나답게 살아가는 것이 행복이자 존재 이유라는 것을 알기에, 한 걸음씩 꾸준히 나아가 보려고 한다.

미래 영웅의 조력자가 되고 싶다

아기장수 전설

TV 드라마 〈각시탈〉을 열심히 시청했던 적이 있다. 일제 강점기, 주인공 이강토는 항상 각시탈을 쓰고 나타나 일제 앞잡이와 일본인을 단죄하고 위기에 처한 조선인들을 구했다. 일대 다수의 불리한 싸움에도 총칼이 아닌 쇠통소로 맞서는 영웅 각시탈이 멋져 보였다.

특히 드라마 〈각시탈〉의 마지막 회가 인상에 남았다. 각시탈에게 도움을 받기만 했던 조선인들이 각성해 스스로 각시탈을 쓰고 '대한 독립 만세'를 외치는 장면에서 가슴이 뜨거워졌다.

각시탈의 서사는 고귀한 출생(신이한 탄생)과 비범한

능력, 고난과 시련 및 조력자의 도움과 승리라는 영웅 일대기 구조를 갖추고 있다. 고종의 직속 비밀첩보기관에 소속된 아버지 밑에서 자라나 뛰어난 무예와 담력을 가진 이강토(각시탈)는 일제에 의해 아버지와 형 그리고 어머니를 모두 잃었다. 그 후 아버지의 동지 이선의 도움을 받아 각시탈을 쓰고 일제와 맞서 싸우는 영웅으로 거듭났다.

그런데 영웅이 되고자 태어났으나 그 생을 다하지 못한 비극적인 이야기도 존재한다. 바로 전국적으로 퍼져 있는 아기장수 전설이다. 이야기 속 아기장수는 각시탈과 달리 슬픈 운명을 맞이한다.

옛날 어느 평민의 집안에서 겨드랑이에 날개가 있고 힘이 센 아기장수가 태어났다. 부모는 아이가 역적이 될 것을 걱정해 아이를 돌로 눌러 죽였다.

아이는 죽기 전에 콩 닷 섬, 팥 닷 섬과 함께 자신을 묻어 달라고 했다. 얼마 뒤 관군이 들이닥쳤고, 부모가 아기장수의 무덤이 있는 곳을 말해 버렸다. 아기장수의 무덤에서는 콩과 팥이 군사가 되어 일어나려고 했다.

하지만 관군의 진압으로 아기장수는 혁명에 실패해 다시 죽게 되었다. 보살핌이 필요한 아기장수가 자신을 낳아 준 부모에게 죽임당한 것도 모자라 관군에 의해 두 번째 죽음을 맞이했다. 보통의 영웅 이야기에서는 주인공이 위기에 빠지면 조력자의 도움을 받지만, 아기장수는 누구의 도움도 받지 못하고 사라져 버렸다.

아기장수 이야기는 생각할 때마다 마음이 아프고 서글픈 여운이 남는다. 친부모에게 죽임당한 것이 가엾고, 영웅이라는 꿈을 이루지 못하고 사라져 버린 것이 안타깝다.

이야기 속으로 들어가 아기장수의 조력자가 되는 모습을 수없이 상상해 본다. 아기장수를 죽이려는 친부모를 막는 이웃이 되어 보고, 아기장수가 무사히 부활할 수 있도록 시간을 벌어 주는 토지신도 되어 본다.

일반적인 영웅 이야기에 따르면 세상을 바꾸고 싶은 기층민과 아기장수가 같은 편, 세상의 변화를 거부하는 지배층들끼리 한 편이 되어 싸워야 한다.

하지만 아기장수의 부모는 지배층의 편이 되었다. 외

적과 싸우며 나라를 지켰던 이성계가 고려를 멸망시키고 조선을 건국했기에 우리는 그를 영웅이라 부르지만, 만약 실패했다면 고려의 역적이 되었을 것이다. 그렇다면 아기장수의 부모는 자기 아이를 영웅이 아닌 역적으로 여긴 것일까? 더 좋은 세상을 이끌어 낼 영웅을 바라지 않는 것일까?

추측하기에, 그들은 자기네 민중 혁명이 성공할 것이라는 기대를 완전히 포기한 것 같다. 그저 지배층 밑에서 숨죽이며 사는 것이 전부고, 역적의 집안이 되어 가족이 모두 죽임당하는 것보다 자식 하나 희생시키는 것이 낫다고 체념했을 것이다. 이렇듯 희망보다 두려움이 먼저인 민중은 스스로 영웅의 싹을 잘라 낸 것처럼 보인다.

'간달프'가 되고 싶다

영웅의 씨앗은 하늘이 만들지만, 영웅의 운명은 사람들의 마음에 의해 정해진다. 초인적인 힘을 가진 영웅이 사람들의 지지와 변화를 이끌어 내지 못한다면 어떻게 될까? 그는 별종(別種)으로 살아가야 할 것이다.

부조리한 사회에 저항하는 용기, 그리고 더 나은 세상이 올 것이라는 희망은 영웅이 힘을 발휘하는 원동력이 되기도 한다. 역사 속에서 영웅이라고 부를 수 있는 위인도, 현재 우리 사회에서 선한 영향력을 전파하는 사람들도 마찬가지다.

임진왜란의 위대한 영웅 이순신 장군의 연전연승은 혼자 이뤄 낸 것이 아니다. 옥포해전에서 행주대첩까지 몸을 아끼지 않은 백전노장 정걸, 거북선을 탄생시킨 조선 최고의 선박 기술자 나대용, 그 밖에도 우국충정의 마음으로 제 자리를 굳건히 지켰던 군관들이 뒤따르고 있었다. 또한 왜군의 기세를 꺾기 위해 밤마다 강강술래 노래를 부르며 춤을 추고, 전투의 지리적 전략을 위한 길잡이와 왜군의 정보를 캐기 위해 첩자 노릇을 자청하던 백성이 힘을 보탰다.

청소년 환경운동가 그레타 툰베리는 세계 정상들에게 환경 문제에 대한 책임을 물었다. 기후 변화로 인한 지구의 위기를 경고하는 툰베리의 1인 시위에 처음에는 누구도 관심을 가지지 않았다. 하지만 위험에 처한 지구의 환경에 대해 알게 된 수많은 나라의 청소년들이 SNS를 통해 툰베리를 지지하고, 자발적으로 환경을 위한 시위 및 사회운동을 펼쳤다. 덕분에 환경 위기에 대한 툰베리의 메시지는 국제적으로 큰 영향력을 미치게 되었고, 유럽 각국의 정부로부터 지구 환경보호를 위한 약속을 받아 내는 성과를 얻었다.

어쩌면 영웅의 비범한 능력과 역량보다 영웅과 뜻을 함께하는 사람들의 의지가 영웅의 위업을 달성하도록 도와주는 중요한 역할을 하는지도 모른다.

현실에서는 부디 미래 영웅의 씨앗이 그 어떤 방해물 없이 무사히 싹을 틔울 수 있기를 바란다. 그리고 미래 영웅을 돕고 따르는 사람이 많기를 바란다.

영화 〈반지의 제왕〉에는 위험천만한 모험을 하는 반지원정대 무리를 뒤따르는 회색의 마법사 '간달프'가 있다. 그는 여러 인물의 멘토로서 현명한 판단력과 깊이 있는 지혜로 영웅들을 돕고 자신 또한 성장해 나간다. 나도 그런 간달프가 되고 싶다.

비록 나는 아기장수의 조력자가 될 수는 없지만, 앞으로 도래할 미래 영웅을 돕는 역할을 맡기를 소망한다. 그래서 미래 영웅이자 영웅과 함께할 동지가 될 우리 아이들에게 디딤돌이 되기를 꿈꾼다.

　동물학자이자 환경운동가인 제인 구달 박사는 말했다. 세상을 크게 바꿀 수는 없지만, 자기 주변 환경은 의지를 통해 더 나아지게 할 수 있다고 말이다. 나도 글쓰기와 교육 활동으로 아이들에게 따스한 마음과 바른 생각을 전하겠다는 꿈의 반경을 조금씩 확장해 보려고 한다.

단 한 가지 소원만 들어주는 산신

〈삼국유사〉 & 비슬산 정성천왕

〈삼국유사〉에 따르면, 비슬산의 산신령인 정성천왕이 가섭불(석가모니 이전의 부처) 시대에 성인 1,000명이 나올 때까지 자신의 성불을 미루겠다고 맹세했다. 그래서 비슬산을 (성인이 나오기로) 약속된 산, 정성천왕을 약속의 산신으로 불렸다고 한다.

그런 까닭일까? 정성천왕의 영험함에 옛부터 지금까지 사람들의 발길이 끊이질 않는다고 한다. 조선 시대에는 홍수, 가뭄, 질병 등이 있을 때마다 사람들이 정성천왕을 찾아갔고, 간곡한 마음으로 빌면 단 한 가지 소원은 꼭 들어주기에 사람들이 구름처럼 모였다는 기록이 남아 있다. 지금도 수능 백일기도를 비롯한 수많은 발원의 흔적이 정성천왕의 신당에 가득하다. 또한 지인의 말에 따르면, 자연 또는 영적인 기운도 강력해서 비슬산의 대견사 재건 이전에는 무속인들이 제사의례를 자주 치르러 왔던 곳이라고 한다.

〈삼국유사〉의 저자 일연 대사는 대견사 주지로 부임한 이래 오랫동안 비슬산에 머물렀다. 대견사 뒤쪽 언덕에는 일연 대사가 앉아서 참선했다는 참선바위가 있다. 나는 생각이 복잡할 때면 가끔 참선바위에 앉아 고요한 평화를 느껴 본다. 선명한 푸른빛의 하늘과 폭닥한 눈 이불을 덮은 산야를 바라보고 있으면 머릿속에서 얼음이 깨지고 흐르는 시냇물 소리가 들린다.

신이 보내는 신호

대구 비슬산의 등산로 초입에 들어설 때만 해도 비가 내렸는데, 대견봉에 다다르자 눈이 내리기 시작했다. 봄이 되면 대견봉은 참꽃 군락지의 명성으로 수많은 인파가 몰리는 곳이기도 하다. 하지만 한겨울의 대견봉을 아는 이는 많지 않다. 나무들의 열매가 난 자리마다 서리가 맺혀 원래 제 자리인 양 굴고, 여기저기 흩어져 있는 오래된 암괴석의 머리에 쌓인 눈도 쉬이 녹지 않는다. 차가우면서도 청량한 공기가 심장까지 퍼지고, 눈 알갱이가 섞인 바람은 눈을 따갑게 한다. 귀를 기울이면 바람의 휘파람 소리가 간간이 들린다.

산보다는 바다로 놀러 가는 것을 더 즐겨 하고, 운동 중에서도 등산을 가장 피하고 싶었던 내가 용기를 내어 겨울의 비슬산으로 향한 것은 온전히 나를 위해서였다.

출산 후 몸이 예전 같지 않다는 것을 느꼈다. 몸 안의 염증 수치가 증가했고, 머리부터 발끝까지 잔병치레하느라 체력이 점점 약해졌다. 특히 자궁내막증으로 수술을 여러 번 받았지만 증상은 나아지지 않았다. 하혈이 계속되자 병원에서는 자궁 적출 수술을 조심스레 권유했다. 하지만 30대에 자궁을 적출한다는 것은 어려운 결정이었고, 자궁 적출로 인한 후유증 또한 있지 않을까 걱정이 되었다.

지푸라기라도 잡는 심정으로 병원 치료와 함께 민간요법을 병행하기로 했다. 한의원에도 가고, 기능의학을 전문으로 하는 병원에도 가서 치료받았다. 자연으로부터 에너지를 얻으면 치료에 도움이 된다는 지인의 말도 생각 나 근처 비슬산으로 향했다.

　등산에 무지한 탓에 해발 1,000m에 달하는 비슬산을 등산화도 없이 무작정 올라갔다.

　3분의 1 지점에 이르자 숨이 제대로 쉬어지질 않았다. 잠시 앉아서 물을 한 모금 마셨지만 이내 위액과 함께 왈칵 토해 냈다. 역시 안 되겠다 싶어서 내려갈까 고민했다. 산 밑을 보니 어떻게 올라왔을까 싶을 정도로 아찔했다. 가파른 바위에 얼음과 진흙으로 범벅이 된 땅이 매우 미끄러워 보였다. 차라리 정상까지 올라가 전기차를 타고 내려오는 것이 낫겠다고 판단했다.

　지친 몸을 이끌고 겨우 정상 부근에 있는 대견사에 다다르니, 누군가가 내 팔을 잡아당겼다.

　"안색이 안 좋아 보여요. 법당에 들어가 차 한 잔 마시며 잠깐 쉬는 게 어때요?"

　친정엄마뻘쯤 되어 보이는 대견사 보살님이 걱정스러운 표정으로 말을 건넸다. 법당에 들어가 차를 얻어 마시며 산에 오르게 된 사정을 말씀드리자 진심으로 안쓰러워해 주었다. 그러면서 다음에 또 비슬산에 오고 싶으면 대견사 신도 전용 버스를 타고 오라며 마음을 써 주었다. 보살님의 배려 덕분에 점심 공양까지 든든하게 얻어먹고, 산을 내려오니 조금 기운이 나는 것 같았다.

그날 이후 비슬산을 오를 때마다 보살님들은 나를 딸처럼 맞이해 주셨다. 산에 올랐다가 갑작스러운 폭설을 만난 날에는 자신의 등산용 장비를 서슴지 않고 빌려준 보살님 덕분에 무사히 산에서 내려올 수 있었다. 절 행사 때마다 떡과 과일을 담은 봉지를 쥐여 주며 아이와 함께 먹고 건강해지라는 덕담을 해 주는 보살님도 많았다.

대견사 보살님들이 가파른 산등성이에서 서로 몸을 기대어 의지하는 나무들처럼 느껴졌다. 저마다 다른 사연이 있지만, 서로 정성을 모아 대견사로 오는 보살님들은 언제나 자애로워 보였다. 가족의 행복을 기원하고, 법경을 읊으며 마음공부를 하는 모습이 존경스러웠다.

어느 날, 병원에서 자궁내막암 조직검사를 받은 나는 다른 사람들처럼 정성천왕의 신당으로 향했다. 정성천왕 앞에서 욕심부리지 않고 딱 한 가지만 빌었다.

‘건강하게 해 주세요.’

　단 한 가지 소원을 마음속으로 비는데, 갑자기 눈물이 났다. 힘들었던 기억이 쏟아져 내렸다.

　삶 자체가 지옥이던 때가 있었다. 밤에는 불면증과 악몽과 일시적인 과호흡 증상에 시달렸고, 낮에는 끝없는 우울감에 빠져 헤어 나오질 못했다. 사람들 앞에서는 괜찮은 척, 담담한 척 연기하는 것이 괴로웠다. 점점 닳아 가는 비누 조각처럼 느껴져 살려고 발버둥을 쳤지만, 그럴수록 마지막 숨까지 거품이 되어 버릴 것 같아 절망했다.

　6개월쯤 지났을까? 겨울을 훌훌 털어 버리고 봄옷으로 갈아입은 비슬산은 진분홍빛의 참꽃 별천지였다. 주말마다 비슬산의 자연 에너지를 듬뿍 받은 덕분인지, 아니면 대견사의 점심 공양과 보살님들이 주신 간식을 잘 얻어먹어서인지 예전보다 훨씬 더 건강해지고 활력도 생겼다.

　비슬산과 정성천왕 그리고 대견사와 보살님들의 인덕에 고마움을 느꼈다. 또 단돈 1,000원도 복권에 당첨된 적이 없을 정도로 줄곧 운이 없던 내가 이토록 큰 복을 얻게 된 것이 의외라는 생각도 들었다. 한편으로는 이 모든 것들은 신이 나를 불쌍히 여기고, 조금만 더 힘내서 살아보라는 신호를 보낸 것이라 제멋대로 짐작해 본다.

여러분, 부자 되세요!

판소리계 소설 〈흥부전〉 & 박첨지·춘보 설화

흥부와 놀부 이야기의 근원 설화에 대해 다양한 설이 있다. 그중 전라남도 남원시 성리마을에는 춘보(흥부) 설화가, 성산마을에는 박첨지(놀부) 설화가 전해오며 설화와 관련된 지명과 명소들도 남아 있다.

성리마을에는 흥부가 허기져서 쓰러진 고개라는 뜻의 '허기재', 화초장을 지고 지났다는 '화초장 바위' 등이 있고, 성산마을에는 흥부가 놀부에게 쫓겨나 신세 한탄했던 '신털바위', 제비의 은덕을 기리는 다리 '연상교' 등이 있다.

심지어 춘보(흥보)와 박첨지(놀부)의 묘도 있다고 하니 흥부와 놀부 이야기가 실제로 있었다는 설에 마음이 기운다.

조선 후기 흥부와 놀부 이야기는 춘향전처럼 판소리계 소설 〈흥부전〉으로 재창작되었다. 〈흥부전〉은 악한 형인 놀부가 벌을 받고, 착한 아우인 흥부가 복을 받는다는 내용으로 전형적인 '권선징악' 이야기다.

하지만 현실판 흥부와 놀부 이야기의 주제는 '부익부 빈익빈'이었다. 조선 후기 농업 생산력이 급속도로 발달하면서 농업에 필요한 노동력이 예전만큼 많이 필요하지 않게 되었다. 이에 원래 토지가 많았던 농민은 더 부유해지고, 그렇지 못한 농민은 소작할 일거리마저 잃은 채 더 가난해졌다.

이 같은 세태 속에서 놀부는 부유한 농부, 흥부는 가난한 농부를 대표하는 인물이었다. 또 박씨를 물어다 주는 제비는 현실에는 존재하지 않는, 가난한 자들의 꿈이었다.

몇 년 전, 낯익은 광고 하나가 눈에 들어왔다. 새하얀 설경 속에서 한 여성이 빨간 외투와 장갑, 하얀 모자와 목도리를 한 채 애교 넘치는 목소리로 이렇게 외쳤다.

"여러분, 부~자 되세요!"

이 광고, 어디선가 분명 본 적이 있었다. 인터넷을 찾아보니 무려 20년 전 카드 광고를 모델만 바꿔 다시 카피한 것이었다.

내가 이 광고를 기억하는 이유 중 하나는 당시 힘들었던 경제적 상황 때문이다. 하고 싶은 건 많은데 항상 용돈이 부족했음에도 나는 부모님에게 아무 말도 하지 못했다. 모두 경제적으로 어려움을 겪는 시기였고, 부모님도 '돈이 없다, 아껴야 한다'라는 말을 자주 하며 걱정했기 때문이다. 한 해가 지나도 경제적으로 나아진 게 별로 없었던 무렵, 새해에 보게 된 광고에서 부자가 되라는 덕담이 나를 더 서럽게 만들었던 기억이 남아 있다.

그 시절의 추억이라 할 수 있는 그 광고가 다시 등장했다. 깜찍한 여자 아이돌이 외치는 부자 되라는 말에 스멀스멀 두려움이 몰려왔다. 곧 있으면 혹독한 경기 침체가 닥칠 터이니 마음의 준비를 단단히 하라는 '불경기 주의보'가 발령된 것 같았다. 심지어 지금의 현실은 그때보다 부자 되기가 하늘의 별 따기만큼 힘들어졌고, 경제적 소득의 양극화 문제는 더 심각해졌다.

사람들은 예전과 비교해 훨씬 좋은 생활 수준을 누리고 있음에도 불구하고, 애타는 마음으로 부자가 되기를 원한다. 주식, 부동산 등 돈 공부에 골몰하는 사람들도 있고, '부'에 대한 선 넘는 욕심과 집착으로 주식 사기, 탈세, 부동산 투기 등 잘못을 저지르는 사람들도 있다.

물질만능주의에 얼룩진 사회, 부의 불평등을 해결하지 못하는 세상, 어디에서부터 잘못된 것일까? 이 모든 것은 인간의 욕망으로부터 시작된다고 생각한다. 흥부는 부자가 되고 싶다. 놀부는 이미 부자가 되었지만, 더 큰 부자가 되고 싶다. 흥부와 놀부의 갈등은 여기에서 시작되는 것 같다. 가난한 사람도 부자인 사람도 끝없이 부를 얻고자 한다. 그리고 우리가 살고 있는 세상은 전자와 후자 모두의 욕망을 수용하는 자본주의 체제의 사회다. 물질적 풍요를 바라는 인간의 욕망은 마땅히 존중받아야 한다. 하지만 부에 대한 지나친 욕심은 결국 자신과 주변 사람들을 불행하게 만든다는 것도 당연한 이치다.

'개인의 탐욕을 부추기는 자본주의 해체'라는 과격한 생각으로 세상을 뒤엎자는 건 아니다. 하지만 현재의 문제를 해결하기 위해 우리 모두에게 변화가 필요한 건 사실이다. 그렇다면 통제되지 않는 욕망과 현 체제의 모순 앞에서 개인은 무엇을 할 수 있을까?

자본주의 시스템이 오랫동안 사회적 울타리 역할을 해 왔고, 우리는 그 안에서 성장했다. 이제는 울타리의 낡고 허물어진 부분을 찾아서 고쳐야 한다.

사람을 위하는 마음, 더 나은 사회를 만들어 가려는 실천으로 만들어진 '자발적 이타주의 연대'가 울타리의 보수 공사를 맡는 것이 적합할 것 같다. 울타리 공사를 하는 동안 들리는 소음과 불편함을 사람들이 이해하고 받아들일 수 있도록 도와주는 중재도 있으면 좋지 않을까?
어제도, 오늘도 돈 때문에 시름하는 사람들이 안타까워 새로운 미래를 상상하며 끄적거린다.

'꿈'(Daydream)을 꿨더니,
정말 '꿈'(Dream goal)이 되었다

〈삼국유사〉 & 조신의 꿈

〈삼국유사〉 3권, '제4 탑상'에 수록된 정토사의 건립 설화이자 조신의 꿈 이야기에서 승려 조신은 연모하던 김흔의 딸과 인연을 맺지 못하는 것에 상심한다. 울다 지쳐 잠이 든 조신은 꿈을 꾼다.

꿈속에서 그는 김흔의 딸과 부부의 연을 맺고 자식 다섯을 두었다. 하지만 가난한 살림으로 자식들이 죽거나 구걸하다가 다치게 되었다.

조신 부부는 서로에게 근심이 되지 않도록 각자 아이

를 둘씩 데려가기로 하고 헤어졌다. 조신은 자신의 바람을 이루는 인생을 살면 행복할 것이라고 믿었다. 하지만 꿈을 통해 세속적인 욕망과 인생의 덧없음을 깨달았다.

〈삼국유사〉에 조신의 꿈 이야기를 논평한 구절이 있다.

"어찌 반드시 조신의 꿈만 그러하겠는가? 지금 모든 사람이 인간 세상의 즐거움을 알아 기뻐하면서 애를 쓰지만 특별히 깨닫지 못할 뿐이다."

대학 시절, 이 구절에 의문이 들었다.
사랑하는 사람과 함께 살겠다는 헛된 욕망으로부터 꿈 깨라는 메시지를 전하는 것이 정말 맞을까?

독자의 입장에서 조신의 꿈 이야기 또는 이와 유사한 고전소설 〈구운몽〉의 백미(白眉)를 느낄 수 있는 부분은 꿈꾸는 이가 꿈속에서 그토록 원하던 바를 이루는 데서 시작되는데 말이다.

나는 생각이 너무 많아

최근 인터넷 기사를 읽다가 어느 기사의 제목이 눈에
들어왔다.

'부적응적 백일몽 증후군이 일상을 지배하다.'

나는 생각이 넘치는 사람이다. 나처럼 과도하게 생각
이 많은 상태를 정신적 과잉활동 증후군(PESM) 증상이
라 말하는 사람도 있다. 솔직히 말하면 내 안에는 다양
한 종류의 생각 노트가 있다. 그중에서 '완벽한 꿈'이라
는 제목의 생각 노트가 있는데, 노트 중에서 가장 쪽수
가 많다. 이 노트는 고통을 덜어내기 위한 진통제 역할
을 해 준다.

사춘기 시절 나는 자신을 남들과 끊임없이 비교하며
열등감과 자괴감을 느꼈고, 사회적 관계에서도 늘 위축
되었다. 스스로 정한 이상과 목표는 꼭대기에 있고, 그
에 비해 내 능력은 한참 모자랐다.

경쟁을 부추기고 제한과 구속이 많은 교육 시스템과
가정의 불화도 나를 힘들게 했다. 쌓여가는 괴로운 감정

들을 잊기 위해 꿈(공상)을 병원처럼 자주 찾았다.

하지만 나의 허황된 욕망을 반영한 공상은 제어할 수 없을 만큼 중독될 수 있다는 문제가 있었다. 달콤한 꿈에 빠지는 시간이 길어지는 만큼 현실의 삶에 충실하지 못했다. 책상 앞에서 앉아 공부하는 시간은 마음껏 공상하는 시간으로 바뀌었고, 닥쳐온 갈등과 문제 앞에서도 해결하려고 노력하기보다 회피했다. 점점 현실의 세상이 생경하게 느껴졌고, 나의 안과 밖에서 모두 혼란을 겪게 되었다.

대학생이 된 후에는 나를 억압하는 외적 환경에서 벗어나 훨씬 자유로운 상태가 되었다. 그래서일까? 삶을 다시 일으켜 세우려고 마음먹었다.

가장 먼저 한 일은 내 안의 생각 노트들과 이별하는 것이었다. 이제 꿈속의 세상에 머물러야 할 이유가 없어졌기 때문이다. 새로운 경험의 연속, 그리고 마음이 통하는 사람들과의 관계 속에서 보내는 일상 덕분에 생각 노트들의 존재를 점점 잊어 갔다.

하지만 출산과 육아를 하며 우울증으로 힘들어했던 시

기에 다시 생각 노트들을 찾아갔다. 20대로 다시 돌아
가거나, 결혼과 출산을 하지 않았다면 어땠을지 공상의
바다에서 허우적거렸다. 그러다 현실로 돌아오면 무기
력하게 일상을 보냈다.

'내 삶은 왜 고통이어야만 하는가?'
'내가 살아가야 할 이유는 무엇인가?'

어느 날 공상의 바다에서 떠오른 물음표에 답을 찾고
싶었다. 내 마음이 가장 원하는 것이 무엇인지 찬찬히
들여다보기로 했다.

마음이 원하는 것은 공상과 달리 소박했다. 공상 속에
서는 안락한 생활을 하고, 분에 넘치는 사랑을 받는 내
모습만 보였다. 하지만 마음은 타고난 대로, 있는 그대
로의 내 이야기가 세상에 수용되는 것을 원했다.

미사여구 없이 날것의 마음을 담은 글을 쓰기 시작했
다. 인터넷 카페를 통해 독서 감상평과 내 생각과 감정
을 진솔하게 글로 풀어냈다. 글을 쓰고 난 후에는 나만
의 무언가를 표현했다는 만족감을 느꼈고, 카페 회원들
의 공감과 조언은 큰 위안이 되었다.

몇 달 후 자주 듣던 라디오 프로그램에 '어린 시절에 겪었던 트라우마'를 주제로 사연을 보냈고 당선되었다. 내 사연을 읽은 라디오 진행자가 나에게 메시지를 전했다.

"잘해 왔고, 앞으로도 잘해 낼 것이니 두려워하지 마세요."

눈물이 핑 돌았다. 당시 나는 세 살 된 아이의 낮잠이 갑작스레 짧아진 데다 유아교육학과 강의를 듣느라 정신이 없었다. 그래도 짬이 날 때마다 단 한 줄이라도 글을 쓰려고 노력했다. 내 마음의 상처들이 글쓰기를 통해 치유될 것이라는 믿음이 있었기 때문이다. 그렇게 글을 쓰는 날이 늘면서 내 마음도 조금씩 환해졌다. 통제하기가 힘들었던 생각 노트들은 글쓰기에 영감을 주고 내 신념을 지지해 주는 존재로 승화되었다.

다시 만난 조신의 꿈 이야기에서 마지막 구절을 마음속으로 되뇌어 본다. 그 구절은 우리에게 반드시 '꿈'을 꾸며 살아가라고 말하는 것만 같다.

'가짜 꿈'(Daydream) 말고, '진짜 꿈'(Dream goal)을 꾸라고 말이다.

에필로그

후배 인류를 위한 미래의 구비문학

여러 겹의 밀가루 반죽 층을 덧대어 구운 빵 '페이스
트리'.

우리는 옛사람들의 삶이 켜켜이 쌓여 만들어진 페이
스트리 위를 밟고 서 있다. 역사가 되지 못한 수많은
옛사람의 삶은 소곤소곤 속삭이는 이야기가 되었다.
그 이야기는 후대 사람들의 생각과 마음이 덧대어지
면서 '구비문학'이라는 이름으로 불렸다. 이 같은 구비
문학은 문학과 역사와 철학의 원형이 되고, 예술과 문
화의 변주 소재가 되어 우리 곁에 남아 있다.

나는 옛이야기의 서사를 분석하는 것보다 이야기의
창작자와 등장인물인 옛사람들의 생각과 마음을 가늠
해보는 것을 참 좋아했다.

억압과 차별을 받던 이들의 못다한 말과 표출하지 못
한 감정이 이야기 곳곳에 스며있고, 역사서가 미처 챙
기지 못한 사료도 발견할 수 있었다. 보물찾기처럼 이
야기 속에서 옛사람들의 암어들을 찾을 때마다 그들과
더 가까워진 느낌이 들어 기뻤다.

옛이야기, 즉 구비문학은 과거에만 머물러 있는 것이

아니라고 생각한다. 씨실과 날실처럼 과거와 현재는 방향은 달라도 결국 서로를 만나게 된다. 과거와 현재의 도 교차되는 지점이 있을 것이다.

이야기, 삶의 서사 그리고 사람의 본질 옛이야기를 기획하고 연출한 옛사람들은 우리보다 인생을 앞서 살았던 '선배 인류'였다. 기존의 틀에서 벗어나 새로운 시선으로 그들을 바라보고, 이야기에 집중하다 보면 어느 순간 그들이 내 삶의 무거운 짐을 나누어 지고 있는 것을 느낄 수 있었다.

할머니와 엄마로부터 전해 들은 옛이야기에는 누구보다 더 강한 사람이 되어 인생의 지뢰밭을 잘 헤쳐 가기를 바라는 메시지가 담겨 있었다. 그 이야기는 내 무의식 속에 자리 잡고서는 사는 내내 힘을 보태 주었다.

할아버지를 전쟁터에 보내지 않기 위해 일본 순사에게 대들었던 할머니의 손녀, 배고픈 날이 많았던 학창 시절에도 주머니에 있는 돈으로 책만 샀던 엄마의 딸, '가시내(나)'라는 자부심으로 인생의 고비를 버텨냈다.

그들의 삶이 얹힌 옛이야기는 내 안의 주체성이 깨어

나 밖으로 걸어나갈 수 있도록 도왔다. 처음으로 완독한 책인 〈삼국유사〉와 친근한 옛이야기들은 나를 옛사람들의 세계로 초대해 주었고, 덕분에 유년 시절을 덜 외롭게 보냈다. 이야기 속 수많은 인물과 대화를 주고받으며 얻게 된 사유와 자각은 내면을 견고하고 성숙하게 만들었다.

이제는 내가 바통을 이어받아 미래의 구비문학을 쓰려고 한다. 잠들기 전에 책 읽기보다 이야기 듣는 것을 더 좋아하는 우리 아이를 위해, 앞으로 삶의 험난한 고개를 몇 번이고 넘어야 할 후배 인류들을 위해, 삶을 버티게 하는 해학과 위안 한 움큼, 삶을 유연하게 하는 지혜와 철학 한 움큼을 치마폭에 담으려고 한다.

내 삶이 아로새겨진 옛이야기의 이본을 미래의 강물에 띄울 생각을 하니 설레고 또 설렌다.

참고문헌

일연. 김원중 옮김. 『삼국유사』. 서울: 민음사, 2008.

조현설. 『마고할미 신화연구』. 서울: 민속원, 2013.

한국학중앙연구원. 『한국학자료통합플랫폼-한국구비문학대계』. https://
kdp.aks.ac.kr/inde/gubi.

한진오. 『모든 것의 처음, 신화』. 제주: 한그루, 2019.

불혹, 옛사람의 치맛자락을 부여잡다

초판 1쇄 발행 2025년 6월 5일

지은이 김소울
펴낸이 김수영

경영지원 최이정 · 박성주 마케팅 박지윤 · 여원 브랜딩 박선영 · 장윤희
교정.교열 김민지 표지 디자인 디자인스튜디오 마음

펴낸곳 담다
출판등록 제25100-2018-2호 (2018년 1월 9일)
주소 대구광역시 달서구 문화회관길 165, 대구출판산업지원센터 402호
전화 070.8262.2645 이메일 damdanuri@naver.com
인스타 @damda_book 블로그 blog.naver.com/damdanuri

ISBN 979-11-89784-64-5 (03810)

도서출판 담다는 생각과 마음을 담은 원고 투고를 기다리고 있습니다. 작가의 꿈을 이루고 싶은 분은 이메일 damdanuri@naver.com으로 출간기획서와 원고를 보내주세요.

도서출판담다